新 潮 文 庫

雑草姫のレストラン

賀十つばさ著

新 潮 社 版

11788

CONTENTS

CHARACTER

木《きの》下《した》茂《も》花《か》

八ヶ岳のふもとの
「道の駅こみちざわ」で
働く30歳。
東京で手痛い
挫折経験アリ!?

木《きの》下《した》夕《ゆう》花《か》

茂花の姉で、
有名レストランで
働いていた元シェフ。
婚約者を失い
心身の不調を抱える。

隈《くま》一《かず》樹《き》 & 岩《いわ》井《い》勝《しょう》太《た》

道の駅で茂花が
出会ったお客。
それぞれに
ワケアリ。

駅《えき》長《ちょう》

茂花が働く
道の駅の責任者。

伍《ご》郎《ろう》じいちゃん

茂花と夕花の大叔父。
山の野草に詳しい。

PRINCESS OF
WILD VEGETABLES

雑草姫のレストラン

プロローグ

ちゅんちゅん、ちゅちゅちゅん――。鳥たちが、おしゃべりしているのが聞こえる。

さわさわ、さわわ――。風が、葉っぱをゆらして通っていくのがわかる。

今、この森にいるのは、私とお姉ちゃんだけ。お母さんもお父さんもいないのに、お花や木を見てると、ちっとも怖くない。不思議だな。木や草の匂《にお》いがすると、なんていうか、えっと……お風呂《ふろ》とか、お布団《ふとん》に入ったときに、はあー、ってなるのと、同じ感じになる。だから、ずーっとここにいたい、って思っちゃう。

「でも、明日から学校かぁ」

楽しかったお休みも、もう終わり。今日は東京に帰らなきゃいけない。「山のお家《うち》」のカギを閉めて、車に乗って、お父さんとお母さんとお姉ちゃんと一緒に、なが－いトンネルを抜けて、東京のお家に帰る。着くのは夜になっちゃうかな。「山のお家」に行くときは、すっごく楽しいけど、帰るときは車の中もどんよりしちゃって、同じ道でもすっごく長く感じる。

「サービスエリアでソフトクリーム買ってもらえたら、ちょこっと楽しくなるけど」

でも、私がなにか欲しいって言うと、お母さんはすぐダメって言うから、お姉ちゃんに、欲しいって言ってもらおう。

「ねぇ、お姉ちゃんも帰りにソフト食べたいよね？」

私はふりむいて、後ろを歩いているお姉ちゃんに聞いた。お姉ちゃんはサラサラの長い髪を、今日はポニーテールにしている。私はクルクルのクセっ毛だから、いいなぁ、って思う。私より四つ上の五年生で大人っぽいし、なんか森にいると、絵本に出てくる女の子みたい。

「お姉ちゃん？　聞いてる？」

ぼんやりしているお姉ちゃんに、私は呼びかけた。お姉ちゃんはこっちを見た。

「うん、いいよ、食べても」

ちょっと元気がない声で、お姉ちゃんは言った。

「でも……あんまり帰りたくないな」

お姉ちゃんも同じ気持ちなんだ、と私は嬉《うれ》しくなった。

「帰りたくないよね！」

お姉ちゃんは少しだけ笑った。

「茂花《もか》は学校に行きたくないだけでしょ」

「そうだよ。お姉ちゃんは違うの？」

お姉ちゃんは私の顔を見て黙っていたが、ため息をついた。

「だって。ここにいれば、家族がみんなで一緒にいられるから」

私は首をかしげた。

「東京だって一緒にいるじゃん？」

「いるけど……いないよ」

と、お姉ちゃん。私は東京のお家を思い浮かべた。

「別々の部屋にはいるけど……」

ご飯も四人一緒で食べることはあまりないけど、

「お父さんもお母さんも、忙しいから」

「それは、言い訳」

と、お姉ちゃんは言うと私を追い越して、どんどん前に歩きだした。

「茂花は、先にもどってていいよ。私はもうちょっとここにいたいから」

「お姉ちゃんがいるなら、私もいる！」

私はあわててお姉ちゃんを追っかけた。こんなに元気がないお姉ちゃんを、ひとりにはしとけない。でも、私はすぐに、

「おっとっと」

と、つんのめって止まった。足元に紫色のかわいいお花が咲いてたからだ。もう少しで踏んじゃうとこだった。

「……スミレかな」

しゃがんで、小さなお花にさわってみた。こっちを向いて花びらを開いてる。摘んで東京に持って帰ろうかな。でも、かわいそうだよね。ここに咲いてた方がいいよね。お姉ちゃんも、このお花を見たら元気になるかな？

「スミレさん、お姉ちゃんに元気をあげてください」

と言って、私は立ち上がると、お花があることを教えようとお姉ちゃんの方を見た。

「お姉ちゃん？」

大きな木の下で、お姉ちゃんも立ち止まっていた。でも、地面ではなく上を見ている。

「どうしたの？」

私はよこに行って聞いた。

「……今、声がしたの」

お姉ちゃんは、目を大きくして私を見た。

「声？」

私はまわりを見まわした。誰もいないし、聞こえるのは――ちゅんちゅん、さわさわさわ――鳥の鳴き声と風の音だけだ。

「誰もいないよ？」

お姉ちゃんは、耳を澄ますようにまた上を見上げた。

「『いつでも、帰って来い』って。聞こえたの」

嘘《うそ》じゃないという顔で、お姉ちゃんはうなずいた。

「そう、言ったんだよ。ホントに」

「帰って来い……」

私もお姉ちゃんと一緒に大きな木を見上げた。枝からふわーっと出てきたばっかりの、食べちゃいたいぐらいやわらかそうな薄緑の葉っぱがキラキラしていて、眩《まぶ》しくて、そのすきまから青い空が見えた。

「……森の声……かも」

お姉ちゃんは言った。

第一話

ウドで大変身!?

　のらぼう、ルッコラ、赤カブ、ヤーコン、クレソン、ケール――包装ビニールをつきやぶりそうに元気な八《やつ》ヶ岳《たけ》の野菜たち。売店のメインでもある「地元産コーナー」に、農家さんから運ばれてきたばかりの野菜を並べながら、

「ああ、信じられないぐらい健康的な生活だ」

　私はしみじみと呟《つぶや》いた。

　こんな野菜も東京にいたときはあまり食べることがなかったけれど、今はすっかり日常食。キャベツ、ニンジン、レタスだって、ここで穫《と》れたものは違う野菜かと思うぐらい、おいしい。よって、いただく量も自然と増える。そのせいか、会社員時代に悩まされていた便秘も解消、快腸。

「でも……私が元気になってもね」

　昔話に出てくるような山を見つめて、ふう、とため息をついた。

　そう。東京を離れ、別に登山が趣味でもないのにこの土地に移住してきた理由。それ

は、私ではなく――。

「すみません、ちょっと、お姉さん！」

と、お客様に呼ばれて、ここの店員になってまだ半年の私は、

「はいっ、すみません！」

条件反射で言って、ふりかえった。呼びかけてきたそのおばさまは、なにか物言いたげに私の顔をじっと見ている。三十になってもたまに高校生に見られるぐらい自分は童顔で、くせ毛のショートカットも、ちょっと乱れているから、この人で対応できるかな？　と怪しまれているのかもしれない。

「店長、呼びましょうか？」

と先回りして返すと、

「あの……」

彼女は言いにくそうに、表の駐車場の方を指さした。

「……人が、死んでる」

山科《やましな》県北土《ほくど》市小《こ》径沢《みちざわ》町。後ろには八ヶ岳、前には南アルプスを望む、長閑《のどか》な県道沿いにある「道の駅こみちざわ」。この爽《さわ》やかな環境から、まったくもって縁遠い言葉が私の脳に届くまで、ちょっとばかり時間がかかった。

「えええっ!?」

ようやくびっくりした私に、おばさまは声を落として言った。

「昨日もここに来たんだけど。そのときから、駐車場にずーっと止まってる車があって」

この「道の駅」に来るお客様のほとんどは、観光客か近くの山荘に滞在している人たちだが、おそらく後者と思われる彼女はさらに声を低くした。

「後部座席で男がよこになってて、昨日も大丈夫かしらと思ったんだけど。今日見たら、同じ格好のまま……動いてない」

「ホ、ホントですか!? えっ、どっ、どの車?」

動揺する私は、おばさまと一緒に道の駅ならではの広大な駐車場を見やった。すると、

「それって、あのグレーのプリウスじゃない?」

私のよこでダンボールを片付けていた農家のおじさんも、そちらを指した。

「あれなら、もう三、四日は同じとこに止まってるよ。おれも気になってたんだよ」

私は二人が指さす同じ車を見て、口を開けていた。ってことは、ヘタすると四日も前から死体が……!

「てっ、てっ、店長っ!」

と大きな声をあげて、レジの方をふり向くと、

「なに」

と店長が、すぐ後ろにいた。

「わっ」

と私は驚く。店長――エプロンをしたやせ型の、いつも目を細めているようなキツネ目の、三十代後半の男――は、地元の人だけあって、言っちゃ悪いが……地味。誰よりも店内で働いているのに「今日は休み？」と聞かれるぐらいの地味さだが、それは今はおいといて。

「ちょっと、店長、大変です！」

と説明しようとする私に、彼は証明写真な無表情で言った。

「だから、店長じゃなくて『駅長』。何度言ったらわかるのかな、木下《きのした》さん」

この抑揚のない口調が、怒られるよりも怖い。でも今は、もっと怖いものが駐車場に。

「すみません、駅長。でも、そんなことより、あの車の中に動かない人が！　ふ、腐乱、死体になってるかも」

店長、ではなく駅長は、チラッとそちらを見やった。そして無表情のまま、駐車場へと店を出て行った。教えてくれたおばさまもそれについていったので、私も行きたくないけど行かないわけにはいかない。

「け、警察に、連絡しますか？」

ロボットのような一定速度の早足で進む駅長を追っかけながら私は聞いたが、返答はない。そして、もうグレーのプリウスの前に私たちは来ていた。

駅長は車のナンバーを見ている——東京だ。窓越しに中をのぞく駅長の後ろから恐る恐る、私も車の中を見た。確かに、後部座席で男がよこになっている。山に遊びに来たという感じではない黒いジャケットを着ていて、革の靴も履いたままだ。

「まだ……そこまで腐っては、いないですね」

と私がおばさまに小声で言うと、

「すみません、お客様」

いきなり駅長が死体に呼びかけた。えっ？　と私は驚いて駅長を見たが、彼は窓をコンコン、と叩《たた》いている。

「すみません、長期にわたる駐車は、お断りしているので」

続けて駅長が呼びかけると、男はむっくりと起き上がった。

「ひっ！」

「生きてた！」

私とおばさまは、びっくりして後ろに下がった。頭はボサボサで髭面《ひげづら》で、レンズの厚い眼鏡は曇っていて、こちらは、「冬眠明けの、やつれきった熊《くま》」という感じ。私たちに気づくと、熊男はドアを開けて、車からのっそりと出てきた。駅長だけが動じることなく、

「長期滞在なさるなら、オートキャンプ場が近くにありますので」

紹介しましょうか、とそれがある方を指した。

「……はい。もう、出ます」

熊男は背中をまるめたまま、だるそうに言って、運転席に移ってエンジンをかけた。

そして、車はのろのろと駐車場を出て行った。私たちは、それを無言で見送った。

「アハッ、ごめんなさい、生きてたわね。でもホントに死んでるみたいだったから」

人騒がせなおばさまは笑ってごまかしているが、駅長は去っていく車を見つめて、ぽつりと言った。

「もどってくるな。あれは」

えっ？　と私は駅長を見た。

「そろそろ覚えよう。そういうことも」

と、駅長は私を見ずに、ロボットな早足で店にもどっていった。

「住んどるな、そいつは、ここに！」

今朝の一件を私から聞いた伍郎《ごろう》じいちゃんは、笑ってそう返した。野菜が並ぶ「地元産コーナー」の端っこには「山菜コーナー」もあり、伍郎じいちゃんは、山や沢などで採ってきたばかりの山ウド、ウコギ、タラの芽などを竹籠《たけかご》から出して並べながら、私の顔を見た。

「ま、珍しいことじゃない」

「ホントにいるんだね。そういう人」

私は山ウドの袋に値札シールを貼《は》るのを手伝いながら返した。

「道の駅」には売店だけではなく、誰もが使える公衆トイレはもちろん、休憩のためのカフェやレストラン、最近は足湯や、温泉施設、ワークスペースまで設けているところがある。駐車場は停め放題だし、言われてみれば、どうぞここで暮らしてくださいと言ってるような場所だ。私が働くこの道の駅でも、キャンパーや車で旅をしてる人たちが車中泊をしているのを見る。でもそれとは違う「滞在者」を見るのは初めてだ。

「旅行者ばかりじゃない。ここはね……行き場がない連中が、行き着くところなんだよ」

と伍郎じいちゃんは、かぶっていた野球帽をとり、遠い目になって言うが、私の大叔父にあたるこの人は基本チャラ男、ならぬチャラじじい。カッコつけて偉そうなことを言っても、いまいち説得力がない。

「そいつも、東京から逃げてきた口だな」

伍郎じいちゃんは、帽子に付いてた羽虫をピッとはじいて取った。

「おまえら姉妹と、同じだよ」

私はシールを貼っている手を、ぴたっと止めた。

「おまえらも腐乱までいってないが、クサクサしてるのは確かだな！」

ハッハッハ！　と笑う伍郎じいちゃんに、言わせておけばと私は言い返した。

「逃げてないし！　クサクサもしてないですっ、私たちは！」

そして、袋に貼る『山ウド／２５０円　採取者木下伍郎』と書かれたバーコード付き値札シールを、じいちゃんのおでこに、パンッ！　と叩きつけた。

「だいたい！　ここに来いと言ったのは、伍郎じいちゃんだよっ」

じいちゃんは、広いおでこ（昔は頭髪があったかもしれない場所）に貼られた値札を、見えるわけがないのに上目で見ようとしながら言った。

「そうだったかな？」

「そうだよ。お姉ちゃんが、なかなか具合がよくならないって言ったら、こっちに来ればいいって」

そうだったな、と思い出したようにじいちゃんは深くうなずいて、

「どうだ、夕花《ゆうか》の調子は？」

と、今日初めて真面目《まじめ》な顔で聞いた。その表情はチャラじじいではなく、大自然の中で暮らす大叔父が、都会からやってきた病んでる又姪《まためい》のことを真剣に思いやっている顔だ。だから私も、眉間《みけん》のしわを解いて、素直に姉のことを伝えた。

「なかなかね。寝てることの方が多いかな。もうちょっと元気になるかなと思ったんだけど」

そうだな、と伍郎じいちゃんはやさしい声で返す。

「東京にいる時より、環境も食べものもいいのにね。私ばっかり、元気になっちゃう」

「おまえはこれ以上元気にならなくてもいいんだがな」

ホントにね、と返してからムッとする。

「夕花と茂花、足して二で割ったらちょうどいいんだが。でもそれだと夕花が損するな」

と言うじいちゃんの方を見て、

「あーっ！」

と私は声をあげた。じいちゃんはびっくりして、ごめんなさい、と謝ったが、彼の肩越しに見える駐車場を私は指した。

「駅長が言ったとおりだ！　帰ってきた！　さっき話した冬眠明けの熊男！」

間違いない、彼が乗っていたグレーのプリウスだ。スッと入ってきて店からは死角になる駐車スペースへと行った。

「どうしよう」

と私は店内に駅長を探したが、姿はない。事務室か倉庫にでも行っているのだろう。

伍郎じいちゃんは、

「ま、いいじゃないか。ほっといてやれよ」

と、お姉ちゃんのことを心配していたときと同じ表情で言った。私は値札シールをおでこに貼ったままのじいちゃんを、じっと見返した。

「ほっとけないの」

「なぜ？」

と、じいちゃんはシールの下の眉間にしわを寄せた。

「なぜなら……私、わかるの。じいちゃん、お願い。もし駅長が来たらあの車に気づかないよう、気をひいててくれない？」

「えっ？」

と、わけがわからない顔をしているじいちゃんを残して、私は駐車場へと駅長に負けないぐらいの早足で向かった。

コンコンと、私は車の窓を遠慮がちに叩いた。運転席のシートを倒して寝ようとしていた熊男は、私に気づいてすぐに起き上がった。見つかっちまったか、という表情でウィンドウを下げると、

「わかってますが……もう一日だけ、ここに」

と先ほどより、もっと覇気のない声で懇願した。私は人差し指を口の前に立てて、囁《ささや》くように返した。

「大丈夫です、駅長には言いません。でも、死なれちゃ困るので」

私は彼の顔を見て、言った。

「熱があるんじゃ、ないですか？」

熊男は驚いたように、私を見た。

「……なんで、わかるんですか？」

「病気の姉がいるんで、わかるんです。夜はまだ冷えるから。車の中で寝てたから風邪ひいたんじゃ？」

彼はだるそうな顔で、ちょっと黙っていたが返した。

「図星です」

やっぱり、と私はうなずいた。

「さっき、ここから追い出しちゃったとき、具合悪そうだなと。気になってたんです」

そういう人を、ほってはおけない。病持ちの姉がいる私にとって、それは譲れない信条なのだ。

「病院に行かれた方が」

熊男は、レジ袋から売薬を出して私に見せた。

「ドラッグストアで薬、買ってきたんで」

「でも、すぐ近くにクリニックがありますよ？」

「大丈夫です。そこまでじゃ、ないんで……」

と俯《うつむ》く彼の表情はボサボサの前髪に隠れてよく見えないが、病院に行けない事情でもあるのだろうか。保険証を忘れたとか？　もしくは、

「病院が嫌いだとか？」

冗談のつもりで笑って言うと、

「そんなとこです」

と返す男の声はその場の空気を凍らすかのように冷たかった。ボサボサ前髪の下の分厚いメガネの奥に見えた目は、笑っていないだけでなく、充血している。風邪だからか、それとも眠れない理由でもあるのか……。「東京から逃げてきた」という伍郎じいちゃんの言葉が浮かんで、私は今さら、一歩、後ろに下がった。レジの下に貼ってある『指名手配犯』と書かれた顔写真を、もっとちゃんと見とけばよかった。

「そう……ですか」

と私はさらに腰を引いて、

「じゃ、ま、お大事に」

と、逆再生のようにそこを離れた。具合が悪い人をほっておけない……のが信条だ

けど、ほっておいたほうがいい事案も、ときにはある。そのとき、

「そいつか？　ほっておけない、ってのは？」

めちゃくちゃ悪いタイミングで伍郎じいちゃんがやってきた。

「ああ、大丈夫！　なんか、風邪ひいてるみたいだから年寄りは近づかない方が――」

私は慌《あわ》てて止めたが、

「風邪ひいた？　熱があんの？　どっから来たの？」

基本、野次馬な伍郎じいちゃんは、私をおしのけて熊男に話しかけている。そして彼の持っている売薬を見ると笑って、

「んなもん、たいして効きゃしないさ。もっと効くもんがあるぞ、ここには。ちょうど店に並べたとこだ」

と、店の方を指した。

「それを擂《す》って飲んだら一発さ」

熊男は薬を手に、車の窓から伍郎じいちゃんを見上げていたが、

「……これより効くものが？」

と不思議そうに聞いた。伍郎じいちゃんは自信満々な顔でうなずくと、値札シールが貼られたままの自分のおでこを、ピッ！　と指した。

「これだよ、これ！」

熊男は目を細めて、伍郎じいちゃんの額のシールを読んだ。

「『木下伍郎』？」

「それはおれ。その上」

「……山、ウド？」

熊男は、？マークをいくつも頭の上に浮かべている顔をした。

天井まで煙突がのびている黒い鉄ストーブの中の薪《まき》は、すでに燃え尽きているけれど、未《いま》だ放たれる温もりは、ふんわりといい感じで部屋を包んでいる。春の終わりでも、標高千メートル近くあるこの辺りの夜は、まだまだストーブのまわりが一番くつろげるスペースだ。そんなことも住んでみてから知ったけれど。

年代物のペルシャ絨毯《じゅうたん》の上に座って、私はハーブティーを飲みながら、今日の出来事をお姉ちゃんに話した。

「あのね、茂花」

今日は調子がいい方で、ロフトのベッドから降りてきて、ソファーでよこになっているお姉ちゃんは、私の話が終わると口を開いた。仕事をしていたときは私よりも短いショートだった髪も、すっかりのびて、小学生の頃のお姉ちゃんを思い出す。もともとすらりとしているうえに病気で少し痩《や》せたので、ベッドで寝ているとホント絵本に出てくる眠り姫みたいなのだが。

「言っとくけど」

でも、その口調は現役だったときと変わらず厳しいものがある。私がしゃべっているときは無言だったから予想はしていたが、案の定、お説教が始まった。

「問題は、その熊男じゃなくて、あなたの方にあるから。腐乱死体も指名手配犯も、あなたの勝手な妄想だから」

「妄想？」

と、私は首をかしげる。

「要は、あなたが人の話から確かめもせず、勝手に騒いで、勝手にことを大きくしてるだけだから」

と、完成度の高い顔をこちらに向け、多くの男性を苦しませてきたその美しい目で諭した。

「わかってる？」

私はうなずいて返した。

「それは、よく言われる。『ひとりで勝手に大騒ぎするな』って、店長に」

「駅長！」

あっ、そうでした、と私は頭に手をやった。お姉ちゃんが絵本に出てくる眠り姫なら、私は四コマ漫画に出てくるおまぬけキャラといったところだ。顔のつくりもシンプルだし。

「ここに来てた頃から成長してないね、私」

と言うと、お姉ちゃんも否定せず、

「まったく、誰に似たんだか」

と、あきれ顔で天井を見上げた。私も一緒にそこにある天窓を見た。窓に切り取られた夜空に見える星の数は、都会と違ってハンパない数。空って狭いなぁ、と感じるほどだ。

「お父さんが、そういう人だったのかな？」

と私が言うと、お姉ちゃんは、さあ、と小さく返した。私は、なにもヒントはないとわかっているけれど、父の面影を探すかのように、山小屋風の部屋を見やった。

温かみのある無垢《むく》の木で造られているこの家は、まだ私たちが小さかった頃に両親が山荘として建てたものだ。童話に出てくるお家《うち》みたい！　と思ったのを覚えている。

「山のお家」と呼んで、夏休みやゴールデンウィークに来て泊まるのが楽しみだった。

けれど、数年も使わずに両親は離婚してしまった。私は小学一年、お姉ちゃんは五年生の時だった。離婚後は母の持ち物にはなったけれど、父を思い出すからか、彼女がここを訪れることは二度となかった。当然、私たちも滅多に来ることはなかった。でも、近所に住んでいる伍郎じいちゃんは、「いつか使う日が来るかもしれないから」と、勝手に手入れをしてくれていたそうだ。

そんなことも知らなかった私は、大学生のとき偶然、友だちとスキーをしにこの地を訪れ、ふと、山荘があることを思い出し、伍郎じいちゃんに連絡をとって、久しぶりにここを覗《のぞ》いてみたのだった。

山荘、「山のお家」は、ほぼ当時のまま残っていた。

「あの頃のまま！」

家に入ったとたん、子供の頃の記憶が一気によみがえった。懐《なつ》かしい間取りのまま、床や壁は年月を経ていい感じに色づいて、趣も出ていた。私は母ほど悪い印象を持っていないので、それからは伍郎じいちゃんの予想どおり、夏の休暇などに使うようになった。けれど……。

まさか、この家に「永住」することになるなんて！

一年前までは考えもしなかった。ちなみに母に山に行くことを告げると、賛成も反対もしなかった。

「茂花じゃなくて、似たのは私かも」

天窓を見つめたまま、お姉ちゃんが呟いた。

「心が弱い人だったらしいから、お父さん」

自分が心のダメージから体調を崩して、原因不明の病に伏してしまったことを重ねているのだ。弱いとこを見せないお姉ちゃんが、それを自ら言葉にするのは初めてで、意外だった。私は首を大きくよこにふった。

「心が弱いとかじゃないよ。……誰だって同じことが起きたらおかしくなるし、おかしくならない方がむしろ変だよ」

ストーブのよこにある古い本棚にそっと置かれている写真立てを、私とお姉ちゃんは見た。写真の人は、お父さんでもお母さんでもなく……徹也《てつや》さん。腕組みをして築地《つきじ》のお魚屋さんと笑顔で話している姿が、いかにもシェフっぽい。

お姉ちゃんにとって徹也さんは、専門学校時代から苦楽をともにした仲間であり、プロになってからは違う店で働くライバルであり、プライベートでは見ていられないぐらいラブラブの、最愛の人だった。ともに雇われ料理長だったお姉ちゃんと徹也さんは、満を持して、念願の自分たちの店を開こうと、準備をしていたところだった。けれど、夢がかなう前に、彼は突然、逝《い》ってしまった。

最愛の人を、未来の店を、夢を、全《すべ》てを失ってしまったお姉ちゃん……。間もなくして彼女の身体《からだ》に不調が出たときも、私はあまり驚かなかった。

「お姉ちゃんが病気になったのは、徹也さんが、お姉ちゃんをあっちの世界に連れてこうとしているからだと私は思ってる」

と、私はわざと怒っているような口調で言った。

「そうはさせないからね。必ず復活させる。空気のいいところで、体にいいものを食べさせて、徹也さんよりもカッコイイ人を見つけてあげるから。お姉ちゃんを、絶対元気にしてみせる」

お姉ちゃんは、ちょっと微笑《ほほえ》んで、

「体にいいものは食べるけど……男は、もういいよ」

と目を閉じた。

「……ごめんね。なかなか元気になれなくて」

私はまた首をよこにふった。

「お姉ちゃんのため、って言ってるけど、私も同じ。じいちゃんが言うように、逃げてきた人だから」

そう。自分もここに来た理由がある。こっちに住んだらいい、と伍郎じいちゃんが言ってくれて、その言葉に誰より飛びついたのは自分だったかもしれない。

「なにかが変わるんじゃないかって」

都会から思い切って移住した同世代ぐらいの人たちが、生き生きと田舎暮らしを謳歌《おうか》しているのをメディアやＳＮＳで見て、自分もここで新しい自分に生まれ変われるかも？　と思ったのだ。

「今んとこ、なにも変わらないけど。治ったのは便秘だけ」

私はため息をついて、伍郎じいちゃんがストーブや断熱材も入れて、「永住仕様」にリフォームしてくれた山荘の部屋を見やった。私もお姉ちゃんも東京の部屋は引き払ってしまったから、ここだけが私たちの居場所だ。でも正直、どこか仮住まいな感じが未だにぬけない。ここに住んでいるという実感がまだない。

「もう半年、暮らしてるのに……」

と壁にかかっている鏡に映っている自分を見た。

「新しい自分も、私の勝手な妄想だったのかな……」

お姉ちゃんは、なにも言わない。お母さんの趣味と思われる、凝った木彫フレームの鏡を見ていた私は、ふと思った。

「お父さんとお母さんも……この山荘を建てたら、なにかが変わると思ったのかな？」

お姉ちゃんは、閉じていた目を開けた。

「そうかもね。違う環境で、やりなおしたいと思ったのかもね」

「でも、なにも変わらなかった……」

私たちは、黙った。

「……逃げてるだけじゃ、ダメなんだよ」

とお姉ちゃんは呟いた。

「じゃあ、どうしたらいいのかな？」

さあ、とお姉ちゃんはまた目をつぶった。

「考えが、あまかったかな」

私は本棚を見つめて言った。並んでいる古い本が、母のものなのか父のものなのかは、さすがにわからない。

「でも」

と、お姉ちゃんは、また目を開けた。

「遅かれ早かれ、ここには、来てた気がする」

予想してなかった発言に、私は聞き返した。

「なんで？」

「『森の声』かな」

「ああ、『帰って来い』か」

この山荘の裏にある森での不思議な体験を、私も思い出した。

「お姉ちゃんだって、妄想タイプじゃん」

「あなたの姉だからね」

お姉ちゃんは笑顔になった。そして聞いた。

「妄想って言えば。その熊男、指名手配犯は、どうなったの？」

「じいちゃんが、ウドをそのままあげてたよ。私は駅長が帰ってきたから慌てて店にもどって、あとは知らない」

「ふーん」

と、お姉ちゃんも本棚を見つめている。

「ウドって山菜のウドでしょ？　風邪に効くの？」

今度は私が、さあ？　と返した。


休み明け、少し気をとりなおして、レジに入っている私は、ピッ、ピッ、ピッとバーコードリーダーで商品の値段を読んでいた。

「千二百三十円になります。袋をお預りします」

お客様に差し出されたエコバッグに品物を入れ、釣銭とレシートを返して、

「ありがとうございました！」

頭を下げる。なにも変わらないけど、とりあえずレジ打ちは少し手慣れてきた。よし、次っ。

「いらっしゃいませ！」

次のお客様に差し出された、山ウドの袋のバーコードをピッ、とやると、

「先日は、ありがとうございました」

背の高いそのお客様に言われて、えっ誰？　と顔を見上げた。

うわっ、すっごいイケメン！

見た瞬間、心の中で声にした。でも知らない人だ。こんなイケメンのお客、知ってたら忘れないはずだが？　とポカンとしていると、

「あ、わからないか」

と、顔の濃さをより強調させている艶《つや》やかな黒髪に手をやって男は笑った。

「さっきそこの温泉で髭剃《そ》っちゃったから。コンタクトにもしちゃったし」

そしてポケットから分厚いメガネを出して見せて、一礼した。

「おかげさまで、熱も下がって、風邪、すっかり治りました。ウドをくれたおじいちゃんにも、お礼が言いた――」

彼が言い終わらないうちに、

「あああーっ!!　指名手配の熊男!?」

私は相手を指さして声をあげた。が、その声に駅長がこちらを向いたのを見て、慌てて口をおさえた。イケメンの彼はきょとんとしているが、山ウドの袋に貼ってある値段シールを指して聞いた。

「『木下伍郎』さんとは、お知り合いですか？」

私は自分の顔がみるみる赤くなっていくのを感じながら、めちゃくちゃお知り合いで

す、とうなずいた。

「騙《だま》されたと思って食ってみろと、伍郎さんに勧められて」

と、彼は手に持ってるウドを見た。

「これを生のままかじったんですよ。いやぁ、信じられないんだけど、ホントに朝には熱が下がって、生きかえったみたいに元気になりました！」

目を輝かせて語るイケメンに、私は言葉を返せないでいた。あの腐乱死体が、いや、冬眠明けの熊みたいな男が、いや、指名手配犯としか思えなかった血走った目の恐ろし気な男が……こんな、キッラキラしたイイ男に大変身するって……。私は心中で叫んでいた。

ウドって、すごくないっ!?

森の鳥のつぶやき 1

ちゅんちゅんちゅん——
山ウドのような、
土から出てきたところをいただく山菜には、
これからぐんぐん伸びるために必要な
パワーや栄養素が詰まってる。
植物の卵みたいなものだね。
それをお裾《すそ》分《わ》けしてもらったから風邪も治ったのかもね。
とはいえ山ウドはアクも強いから、
生で食べるなら、酢水でアク抜きした方がおいしいよ。
味噌が合います。
ちゅんちゅん。

第二話

雑草料理は失恋の味

「あのときあなたが声をかけてくれてなければ」

髭《ひげ》を剃《そ》って、ボサボサだった前髪を整えたら、古代ギリシャ人のような顔が露《あら》わになった超イケメンに、

「いまだ車中で、うなってましたよ、きっと。ささやかですが御礼です」

ショートケーキとコーヒーを勧められて、私は相手をまともに見られずにドキドキしていた。

「私はなにも……」

地元で有名な菓子店『ショコラーゼ』が、道の駅のよこにも出店していて、窓からの南アルプスを眺めるそのカフェで彼と向き合っているという、想像もしなかった展開だ。山を見るふりをして、彼にチラッとだけ視線をやる。見るほどにイイ男で、そっちが気になってケーキにも手がつけられないなんて、初めて。

「でも、驚いたなぁ」

顔色もよくなって別人のように生き生きしている彼は言った。血走ってた目もすっかりクリアー、瞳《ひとみ》が輝いている。死にかけてたときは五十ぐらいに見えたけど、一気に十歳以上、若返った感じだ。

「ウドが、あんなにミラクルに効くなんて、びっくりですよ」

彼は、興味津々《しんしん》という感じで聞いた。

「ここらでは風邪のときは、みんなウドで治すんですか？」

「さあ……。私もここに来たばかりで」

地元の野菜や山菜を半年も売っているのに、その効用みたいなことは何も知らないことに今気づいた。

「小径沢には薬用植物園も、ありますよね」

窓の外を見て彼は言った。私はまだ訪ねたことはないが、ここから遠くないところにそれはあるようだ。珍しい薬草やハーブが見れたり、山菜やキノコの採り方教室などもやっているらしいが、

「ありますね」

ぐらいしか言えない。住んでいるのにこの場所のことを何も語れないことにも今さら気づいた。彼は情報を得られなくても気にせず、南アルプスの山々を見やった。

「……不思議な場所だ」

彼の横顔を、私はフォークを握ったまま見つめた。ホントにイイ男……。でも、だからといって道の駅で寝泊まりしている怪しい人間であることに変わりはない。指名手配犯のポスターに彼の写真はなかったが、顔や言葉に騙《だま》されてはいけない。

「もうちょっと、いようかな、ここに」

と、彼は自分に言うように呟《つぶや》いて、私を見た。

「行くとこを決めずに、ふらりと旅に出てしまって。道の駅っていいですね。温泉もあるし、住めますよね」

「えっ、それは」

元気になったのなら、これ以上の長期滞在はダメですよ、と言わなくちゃ、と思ったが。元熊男は私に微笑《ほほえ》むと、

「駅長には、内緒で」

と、人差し指を立てた。数日前に自分が同じことをしたのを思い出し、言葉がでなくなった。それだけじゃなくて、今、私、ぜったい、顔、すっごく赤くなってる！

「な、なんか熱いな、風邪、流行《はや》ってるのかな」

と額に手をやって、あわあわしていると、

「どうした茂花、トマトみたいな顔して」

またも、嬉《うれ》しくないタイミングで、呼び出された伍郎じいちゃんがカフェに入ってき

た。

「おっ、兄ちゃんスッキリしたな。よく見りゃ、イイ男じゃないか」

「あ、この前はどうも」

と立ち上がる彼の背中をじいちゃんはバン、と叩《たた》くと、

「御礼がしたいって？　んなもんは、いらんよ。ここではな、困ってるやつがいたら、助けるのがあたりまえ。お互いさま。それが小径沢ルールだ」

と、かっこつけて言って、私のよこにドカッと座った。が、私の食べてるショートケーキに気づくと、上にのっている苺《いちご》を指した。

「美味《うま》そうだな。その苺は、ここらのか？」

「よくわかったね。小径沢で生まれた品種『山の煌《きら》めき』だって」

メニューに書いてあったことをそのまま伝え、艶々《つやつや》としていて穫《と》れたてなのがわかる苺を、ようやくフォークで刺して私は頬張った。のぼせた体に冷たくて、甘酸っぱくて、

「……すっごく、おいしい！」

じいちゃんは、私が苺をパクついているのを黙って見ていたが、

「おっと忘れてた！　世話になった老人にスイーツをおごるという新ルールが最近できたんだっけ！　じゃ、遠慮なく」

とメニューを見て、苺パッフェね！　と店員に勝手に注文している。彫りが深いイケ

メンの目も一瞬点になり、

「小径沢ルールではなく、伍郎ルールです」

　私は訂正して、彼に頭を下げた。

「隈一樹《くまかずき》と言います」

　と元熊男は名乗って、私はもう少しで飲んでたコーヒーを噴きそうになった。彼は先ほど買ったウドの袋を見ながら、改めてじいちゃんに聞いた。

「山菜、なのは知ってましたが……地元の人は風邪のときに食べるんですか？」

　若芽を付けた天然の山ウドは、茎は細いゴボウぐらいの太さで、根本のところはピンクがかっている。その土から出てきたばかりのところは特にやわらかそうで、天ぷらにして食べると美味《おい》しいのは私も知っている。

「天ぷらぐらいでしか、食ったことがないだろ？」

　伍郎じいちゃんは、鼻で笑うように言った。すみませんね。

「恥ずかしながら。薬になるとは知らなかったです」

　と隈さんは謙虚に返したが、じいちゃんは首をよこにふった。

「そういうことじゃないんだな。都会の人間は、テレビなんかで、『○○に効く』とやると、すぐ飛びついて買いしめていくが」

と、パフェスプーンで野菜を売ってる売店の方を指した。

「そもそもが、山菜だとか、薬だとか、分けるもんじゃない」

黙って聞いていた隈さんは、それに返した。

「どういうことですか？」

じいちゃんは真っ赤な苺をスプーンにのせて、

「この苺だってね、おれたちの祖先が、最初は野生のちっこいヤツを恐る恐る口に入れてみて」

パクッと一口で食べた。

「おっ、いいんじゃない？　と思って食べるようになった」

隈さんは、妙に真面目《まじめ》な顔で伍郎じいちゃんの話を聞いている。

「体にいいもんを自然と、美味い！　と感じて、それを食べてきたんだ人間は。ウドも美味かったろ？」

「生は苦かったです」

伍郎じいちゃんはハッハッハと笑う。けれど隈さんは笑わず、むしろ感動しているような表情で続けた。

「でも、体に沁《し》みていくのが不思議とわかりました。みるみる体が温かくなってきて、エネルギーが湧《わ》いてくるのが、わかったんです」

彼は霊体験でも語っているかのように真剣だ。

「で、朝に目が覚めたら、熱も引いてスッキリしてた」

伍郎じいちゃんは満足げな顔をして、うなずいた。

「それが『美味い』なんだよ」

隈さんはウドをまじまじと見つめて、うなずいた。

「わかります。今はこれを見て、食べたいなと思う。できれば天ぷらで！」

私は黙って、老人とイケメンのおかしな会話を聞いていたけれど、風邪がミラクルに治ったという彼の体験は、嘘《うそ》とは思えなかった。実際、死にかけている熊みたいだった男が、別人のようなイケメンに変身したのを目《ま》の当《あ》たりにして、山菜だか薬草だか知らないけど、それのおかげと感じないではいられない。自然の力ってあなどれないのかも。

「お姉ちゃんを、そういうふうに――」

私は思わず、呟いていた。

「ミラクルに治してくれるものがないかな」

伍郎じいちゃんの顔からも笑みが消えて、そうだな、と同情するようにうなずいた。

けれど、

「夕花の病は、もうちょっとややこしいからなぁ。ウドじゃ、ちょっと難しいかな」

正直な見解を述べた。

「病気のお姉さんのことですか？」

隈さんに聞かれて、なんで知ってるんですか？　と私は驚いた。

「ぼくが熱があるのが、だからわかると言ってたんで」

あっ、そうだった、とまたしても忘れてた自分の言動を思い出して恥ずかしくなった。

「どういうご病気ですか？」

と彼が聞いてくるので、ちょっと複雑なので、と私は濁したが、

「一応、ぼく医者なので」

隈さんは、さらりと明かした。私と伍郎じいちゃんは口を開けたまま、黙った。こちらの目が点になる番だった。

「でも、病院が嫌いって」

言ってたよね？

「えっ、そんなこと言いました？　熱にうかされてたのかな」

隈さんはとぼけて首をかしげた。すると伍郎じいちゃんが、ハーッハッハ！　と堰《せき》を切ったように笑い出した。

「おれは医者の風邪を、ウドで治したのか？　やるなぁ！」

と自画自賛している。私は笑えず、

「医者……」

と、前に座っている彫りの深い男の顔を見た。本当に医者なら……なにから逃げてるのだろう、この人は？　東京から、病院から逃げているその理由は、なに？

私の表情に緊張感のようなものがにわかに浮かんだのを、彼も察知したようだった。くっきりとした二重の下の黒い瞳で、隈さんは私をじっと見つめ返した。

「医者は、嫌いですか？」

と彼は問いかけた。一度は冷めた自分の顔に、また熱いものがのぼってくるのを私は感じた。


「お、お姉ちゃん！　どうしよう！」

私は山荘に帰ってくると、木製の玄関扉を開けるなり、お姉ちゃんに呼びかけた。

「どうした？」

リビングに入っていくと、珍しくソファーに座って本を読んでいたお姉ちゃんが顔を上げた。

「起きてて大丈夫なの？」

と、ちょっと驚いて私が聞くと、

「面白い本を、見つけて」

とお姉ちゃんは、本棚を指した。

「それより『どうしよう』って、なにがあったの？」

聞かれて思い出した私は、

「そうなの！　どうしよう……」

要点から告げることにした。

「また、得体の知れない男を、好きになっちゃった！」

驚きの表情でお姉ちゃんは私を見て、

「あんた……！」

と言ったが、言葉が続かず、がっくりと頭を下げた。

「また、なの？」

そしてすぐに顔を上げて私を睨《にら》んだ。

「あんな酷《ひど》い目にあったのに！　それで会社も辞めることになったのを、忘れたの？」

私は、忘れてません、と首をふった。おっしゃるとおり、お姉ちゃんほどの悲劇ではないが、私も男に関してちょっとしたトラウマを抱えている。思い出すと爆食いしてしまうから、思い出さないよう努めているが。

「忘れてないけど、記憶の奥底に仕舞いすぎて、ちょっと、忘れてたかも……」

「もお！　そういう『なにも考えず場当たりで動いて、後から大騒ぎになる性格』を、変えるためにここに来たんでしょ？」

と、お姉ちゃんも声が大きくなる。

「そう、そうなんだけど」

私は大きくうなずいた。二度と痛い目にあわないよう自分を変えるためにここに来たんだけれど……。

「……間に合わなかった」

と、絨毯《じゅうたん》の上に崩れた。

「どーせ、イケメンなんでしょ」

お姉ちゃんの言葉に、私は顔を上げた。

「なんでわかんの？」

「んなの、わかるよ。だいたい、私にイイ男を見つけてくれるんじゃなかったの？」

そのつもりだったんだけど、こればかりは不可抗力だ。

「でも、お姉ちゃんにはお勧めできない。イイ男だけど、かなりヤバい。医者なのにホームレスで、道の駅で暮らしてる」

もしかしてそれ、例の指名手配犯？　とお姉ちゃんはさらに驚いてる。

「医療ミスやっちゃって逃げてるのかも。自分の風邪も治せないぐらいヤブだし」

「そんな男、自分にだってお勧めできないでしょ！」

お姉ちゃんは本気で怒っている。

「だって、死にかけてる熊みたいだったのに！　ウドパワーでミラクルに再生したのを目の当たりにして、ドキュン！　ときちゃったんだもん。ちなみに隈さんって言うんだけど」

「なに言ってるか、さっ、ぱりわからない」

と目を細める姉に、私はどう説明したらわかってもらえるかなと、南アルプスを見つめていた彼の横顔を思い浮かべて、しばし黙り込んだ。

「茂花。顔、トマトみたいに赤いよ」

遠い目のまま、私は自分の頬に手をやった。

「……熱、あるかも。ウド、食べよっかな。天ぷらがいい」

と、無意識に笑みがこぼれている自分がいた。

「……母親に似たな。男で苦労するとこは」

お姉ちゃんは、倒れるようにソファーによこになった。


ちゅんちゅん、ちゅちゅちゅん――鳥たちがおしゃべりしているのが聞こえる。私は、下を向いて森の中を歩いている。山荘の裏にあるこの森は、子供の頃に来たときとなにも変わっていないように感じる。でも、二十年以上経《た》っているのだから、木々は大きくなっているはず、と私は上を見上げた。

「うん、確かに大きくなってる」

成長は上にだけではなく、枝も多くなって複雑なレース編みのようだ。透けて見える空も、少し遠くなったような気がする。けれど、あの頃と同じく若葉はキラキラしていて不思議な気持ちになる。

「森の声、か」

耳をすましてみたけれど……聞こえるのは、やはり鳥のさえずりと葉を揺らして風が通っていく音だけ。実際それを聞いたのはお姉ちゃんだけで、あのときも私にはなにも聞こえなかった。呆《ほう》けたように上を見ていた私は、

「あっ、下を見なきゃいけないんだった！」

慌《あわ》ててまた地面を見て歩き出した。お姉ちゃんから頼まれたものを探すために。

自分を変えるためにこの地に来た妹が、怪しい男に一目惚《ぼ》れするというありえない展開に、お姉ちゃんがあきれ果てた翌日。

「茂花、ちょっと」

朝から彼女が真面目な顔で呼ぶので、どうせお説教の続きだろうと、しぶしぶ行くと、

「お願いがあるの」

と、予想が外れて用事を頼んできた。

「裏の森か、道の駅の周辺で、タンポポとハコベを探して採ってきてくれないかな？　雑草だから、すぐに見つかると思う」

「タンポポとハコベ？」

　と聞き返す私に、お姉ちゃんは、昨日ソファーで読んでいた本を私に見せた。親の時代の本だとわかる懐《なつ》かしい感じのレイアウトで、『美味しい雑草』と表紙にある。

「そこの本棚にあったの。書いてあるとおり、雑草を使った料理を紹介してる本なんだけど、珍しいでしょ？　おもしろいから、ちょっと作ってみようかなって。もちろん、自分なりにアレンジして」

「作る？　お姉ちゃんが？」

　私はびっくりした。雑草で料理を作るなんて私も聞いたことがなかったけど、それよりなにより、お姉ちゃんが「料理」を作ろうという気持ちになったことが、私を驚かせた。

「もしかして、久しぶりに、お姉ちゃんの料理が食べられるの？」

　お姉ちゃんは黙ってうなずいた。

　最近は一日のほとんどをベッドで過ごしている彼女だが、以前は東京の有名店で料理長を務めるぐらいのシェフだった。資金が貯《た》まったら徹也さんと店を出す予定で、そのタイミングで結婚もするつもりだったらしいが……その夢がかなう直前に、彼は厨房《ちゅうぼう》で倒れて、帰らぬ人となってしまった。

お姉ちゃんは、彼の体調の変化に気づかなかったこと、無理をさせていたことを悔やみ、自分を責め続け、ショックから立ち直れないまま自分も病んでしまった。そして体力的にも精神的にも厨房に立てなくなった。

そこに立てば、色々と思い出してしまうからだろう。未《いま》だに家のキッチンでも、お湯を沸かすか、お米を研ぐぐらいしかしない。なので、お姉ちゃんが料理をすると聞いて、私は信じられなかった。

「でも、大丈夫なの？」

嬉しい反面、心配で聞いた。お姉ちゃんは、『美味しい雑草』の本をパラパラとめくった。

「植物が好きなお父さんの本か、料理が好きなお母さんの本か、わからないけど。雑草で料理なんて、すごくユニーク」

そして本棚にある徹也さんの写真を見た。

「さすがに私も雑草は料理したことがないし。そんな料理だったら……徹也のことを思い出すこともないから」

徹也さんも、お姉ちゃんと同じく専門はフレンチだったけれど、和洋中なんでも作れる人だった。だからなにを作っても彼のレシピを、彼のことを思い出してしまうのだろう。

「ここ数日は、体調も悪くないし」

お姉ちゃんは、微笑んで私を見た。

「逃げてるだけじゃね」

独立のために貯めてたお金もこんな形で費やしたくないし、と言ったあと、彼女は急に厳しい目になって、

「なにより、茂花にまた変な虫がつかないよう、私もしっかりしなくちゃいけないと思ったのっ」

私を睨んだのだった。

「都会より人がいないから油断してたわ。大自然だからこそ変な虫がいるのかも」

私は大自然の森の中で、ひとりため息をついた。

「病んでるお姉ちゃんを支えなきゃいけないのに、逆になってるよ」

そして、足元をきょろきょろと見た。

「えー、タンポポとハコベ」

でも、こうやって地面を観察すると、様々な植物がみんな仲良く暮らしている。東京で見るようなお馴染《なじ》みの雑草ものびのびと生えていて、元気がいい。逆に考えると、昔

は東京にだってこういう森があったのだろう。

「ハコベだ！　あった！」

明るい緑の草を見つけて、根っこに手をやると、私は慎重にそれを引っこ抜いた。

「あっ、やわらかい」

ふかふかしている土から、どうぞ、というように簡単に抜けた。その感触に、半年も地元の野菜を売っているけど、ろくに土に触れた経験もなかったことに気づいた。この土地のことを語れるわけがないよね、と思う。

「いただきます」

ハコベの根っこの土をはらいながら自然と言葉が出ていた。そして念のため、じっと耳をすませてみたけれど……やはり鳥の声だけで、森の声は聞こえなかった。

私とは違って成長していた森は、昔よりはちょっと暗くなっていて、さすがにタンポポは生えていなかった。なので、私は仕事の休憩時間に道の駅の周辺でそれを探した。お店の裏手にある日当たりのいい土手にそれを見つけて採っていると、

「雑草を抜いてくれてるんだ？　ありがと」

と、声をかけられて、ふり向くと駅長だった。

「えっ？　あっ、はい……ちょっと目についたんで」

と、慌ててとりつくろって返すと、駅長は無表情でうなずいて、店にもどっていった。

わざわざそれだけを言いに来たのだろうか？

「期待されても困るな。草むしりじゃないんだけど」

かといって「食べるんです」とは言えなかった。地元の人にそんなことを言ったら、雑草と山菜の区別もできない馬鹿か？　と言われるのがオチだ。

「でも、ホントに食べられるのかな？」

と改めて疑問に思った私は、摘み取った黄色いタンポポの花を見つめた。お刺身に付いてる食用菊に似てなくもないけど……。


ドンドン！

雑草採取の任務が無事完了した日の晩。家のドアをおもいっきり叩く音がして、私は玄関に向かったが、誰だかはわかっていた。

「インターホン使ってよ。じいちゃんが新しいの付けてくれたんじゃない」

「おー、そーだった」

ドアを開けると、やはり夕飯に招いた伍郎じいちゃんだった。ワインや日本酒の瓶などをいっぱい抱えている。

「久しぶりに夕花のメシが食えるっていうからな！　うまそうな酒を選んできたぞ。近所にあるワイナリーのオレンジワインに、老舗《しにせ》酒蔵『八賢《はちけん》』のスパークリング日本酒」

私はそれを受け取りながら、

「でも、車でしょ？　送ってくのはいいけど、車は置いてくの？」

と言うと、じいちゃんは後ろを指した。

「ぬかりはない。運転手を連れてきた」

えっ、聞いてないよ、と私は驚いた。

「勝手に人数を増やさないで――」

と、後ろに遠慮がちに立っている人を見やると、その男は一歩前に出た。

「こんばんは」

「くまっ！　さん」

暗い山の夜でもはっきりと認識できる彫りの深いその顔を見て、瞬時に自分の顔が赤くなるのを感じた。

「お年寄りの送迎をするのが、この村のルールだとおっしゃるので」

来ちゃって大丈夫でした？　と彼は言って、私はめちゃくちゃ動揺しながらも、速やかにスリッパを二組出した。

「ど、ど、どうぞどうぞ！　ご遠慮なく、あがってください。せ、せまい家ですけど！」

と居間の方を指した。……が、そこには、

「どうも」

仁王立ちしているお姉ちゃんがいた。今さっきまでキッチンでフライパンをふっていたのに、いつの間に。そして、

「ホームレスのヤブ医者って、そいつ？」

と、いきなり隈さんにメンチを切った。

「えっ……」

靴を脱ぎかけていた隈さんは、睨まれて固まった。そのままお姉ちゃんを見つめ返していたが、彼も私に聞いた。

「この方が、ご病気のお姉さん？」

「み、見えないかもしれないけど、そうです」

互いに相手のことを穴があくほど凝視している。二人の間に立ち、私はあわあわしていたが、

「どうぞ」

お姉ちゃんは、隈さんを睨みつけたまま口だけ微笑んで、

「妹から、お噂《うわさ》は聞いてました。なにもおかまいできませんが」

と、踵《きびす》を返すと、キッチンにもどっていった。

「……お邪魔します」

隈さんは、伍郎じいちゃんと一緒に入ってきたけれど、その顔はお姉ちゃんを見た瞬間の表情で止まっている。

多くの男性が、お姉ちゃんを見てこういう顔になるのを、私は何度も見てきた。誰から見ても、お姉ちゃんがけっこうな美女であることがわかるが、怒ってる顔が一番萌《も》える、とまで言う同僚や料理人仲間もいた。

「ハハハッ、イイ女だろ？　姉貴の方は」

と伍郎じいちゃんは、ぼんやりとしている隈さんの背中をバンッと叩いて、居間へと押し込んだ。最後のところを聞き逃さなかった私は、手に持っているワイン瓶で殴ったろか、とじいちゃんの後ろ頭を睨みつけるのだった。


久しぶりにお姉ちゃんの料理が食べられるというのに……伍郎じいちゃんが予期せぬ客を連れてきたおかげで、ヘンな空気が漂うディナーになってしまった。小さなダイニングテーブルに老若男女四人が向き合って座り、

「かんぱーいっ！」

じいちゃんだけがスパークリング日本酒が注がれたグラスを高く持ち上げた。隈さんのグラスにはノンアルビールを注いでおいたが、彼は遠慮がちにそれをちょっとだけ持ち上げた。

「どうぞ。揚げたてを」

お姉ちゃんは愛想なく、皿に盛られた天ぷらを勧めた。

「話題のウドです」

緑の芽をつけた白とピンクのゴボウのようなものが、品よく、うっすらと衣をまとうぐらいで揚げられている。それだと聞いたとたん、

「ウド！」

隈さんは満面の笑顔になった。

「じゃ、遠慮なく！　熱いうちに」

と彼は本当に遠慮なく、一番に箸《はし》をのばしてそれをつまむと口に入れた。シャキ、シャキ、とした食感が見てるだけで伝わってくる。

「うっまっ！」

彼は二重の目を大きく見開いて、驚きを表した。

「前に銀座で食べた、お高い天ぷら屋の天ぷらと、同じだ！」

言われてお姉ちゃんは、当たり前よ、私を誰だと思っている、という顔をしている。

一応、私がそれを言語化した。

「姉は、そこそこ有名な店で料理長をしていたんです。専門はフレンチですが」

隈さんは、納得という顔でうなずいて、続けて二個目を取った。ホント遠慮しないな、

この人。

「夕花、ちょっとは元気になったみたいだな」

伍郎じいちゃんが手酌をしながら笑顔で言うと、

「無理にでも私がしっかりしないと、茂花が心配で」

お姉ちゃんは、隈さんをチラッと見た。

「いやぁ、美味いなぁ。やっぱ生より、天ぷらがいい」

心配しなくても、彼はウドに夢中だ。お姉ちゃんは嫌味っぽく彼に聞いた。

「お風邪は、もういいんですか？」

「おかげさまで。まさに医者の不養生ってやつで、お恥ずかしい」

と隈さんは真面目に返して、お姉ちゃんをじっと見つめていたが、問い返した。

「差《さ》し支《つか》えなければ、どのようなご病気に罹患《りかん》されているのか、うかがってもいいですか？」

「自己免疫《めんえき》疾患の類《たぐい》です」

間を空けずに返すお姉ちゃんに、隈さんは厳粛な表情で深くうなずいた。なにもコメントを返さない彼に、伍郎じいちゃんが、

「医者から見ても、難しい病気なのかい？」

と訊《たず》ねて、隈さんは、

「そうですね」

お姉ちゃんを見て、答えた。

「発症の原因が様々で、特定できなかったりもするので」

お姉ちゃんはなにも言わないが、

「原因は、ここだよ」

と伍郎じいちゃんが、自分の胸に手をやった。

「そこを治さんとな」

お姉ちゃんは引き続き黙っている。私たちも黙っていると、空気を読んで隈さんが話題を変えるように、

「こっちの緑の野菜は、なんですか？」

別の天ぷらの皿を指した。

「今日の夕食のメインは、実はそっちなんです」

私は自分が採取したものを紹介した。

「ハコベです」

聞いて彼は驚いている。

「ハコベって、ハコベ？」

伍郎じいちゃんも、白い衣をまとった緑の草をまじまじと見ている。

「そこらに生えてるやつか？　七草粥《ななくさがゆ》には入ってるけどな。天ぷらで食ったことはねぇな」

「本棚に、雑草料理の本があるのをお姉ちゃんが見つけたの」

伍郎じいちゃんは、眉間《みけん》にしわを寄せた。

「もっとうまい山菜があるんだから、こんなインコにやるようなもん、わざわざ食わなくても……」

食指を動かされないみたいだが、

「いや、ちょっと食べてみたいです、ぼくは」

と隈さんは身を乗り出して、どうぞ、と勧めるお姉ちゃんも含め、なんだかんだ全員がそれに箸をのばして、同時に口に入れた。

「あっ、おいしい！」

「……まずくは、ないな」

「美味しいですよ！」

「いいかも」

四人で顔を見合わせて、思わず笑いがこぼれた。食べ慣れてる野菜とも違うし、クセのある山菜とも違う。その中間の緑の香りがなんともいい。

「本には整腸作用があるって書いてあったよ」

　お姉ちゃんが言って、へー、と私たちは続けて箸をのばし、じいちゃんは誰よりも積極的にパクついてる。道の駅で売ってみようかな？　とまで言っている。ホント調子いい。

　山盛りあった天ぷらを四人でたいらげて、次にお姉ちゃんがキッチンから運んできたのは、料理の雰囲気もがらっと変わって、鮮やかな緑のソースであえられたパスタだった。

「タンポポの葉のジェノベーゼです」

　と大皿に盛られたそれを勧められて、

「タンポポ？」

「きれいな色！」

　私たちは、また初めて見る料理に興味津々で顔を近づけた。見た目は、バジルのジェノベーゼとあまり変わらないけれど、可愛《かわい》らしく添えてある黄色い花のせいか、バジルよりも明るい緑に見える。春の一品といった感じだ。

「今度はタンポポときたか。さすがにこれは……」

　と、伍郎じいちゃんはごねてるが、お姉ちゃんが皿に取り分けてくれるのを拒否ることはない。私もそれを、さっそく一口食べてみた。

「んっ！」

口の中いっぱいに、ふわーっと広がるのはバジルとはまったく違う香りだ。私は目を大きく見開いた。

「これ、美味しい！　春菊みたいだけど、もっと爽《さわ》やかで、ほろ苦くて」

初めての味だ。伍郎じいちゃんも、蕎麦《そば》のようにパスタをズッとすすって、しばし無言になった。が、ワインを一口飲むと、くーっ、と唸《うな》った。

「……ウマいっ！　このほろ苦さと、オレンジワインがめちゃくちゃ合う！　最高っ！」

もっとくださいと、おかわりをしている。その反応にお姉ちゃんは勝者の笑みをたたえている。

「一応、プロですから。雑草だって、そこそこ美味しくしてみせます。でも、外来種のセイヨウタンポポは、そもそも明治時代に野菜として輸入されたものなんだって」

「えっ、タンポポって野菜なの？」

と私は驚いた。

「そう。日本では雑草になっちゃったけど、ヨーロッパではサラダにして食べるって聞いたことがある。中国では、漢方薬にするみたいよ」

「どんな効能があるんですかね？」

隈さんもそれに加わったが、お姉ちゃんはさりげなくそっぽを向いてスルーして、伍郎じいちゃんに聞いた。

「こういう自然が多いところでも、タンポポやハコベみたいなものは『雑草』って言うの？」

　モグモグやりながらじいちゃんは返した。

「まあ、言うかな。だが、ハコベもタンポポも昔はこの辺りには、あまりなかったね。もっと下にある草だったよ」

　下というのは標高のことだろう。

「逆に、あったのに見なくなった草や山菜もある。地球暖房化ってやつだな」

温暖化、と私はつっこんだ。

「山菜採りが、ご職業なんですか？」

と隈さんに問われて、伍郎じいちゃんは笑った。

「それだけじゃ食ってけないさ。季節によって仕事が変わる。それが山男よ」

隈さんは、どこか憧《あこが》れるような表情でじいちゃんを見ている。

「ま、おれも昔は幻の薬草なんてのを探して、一攫千金《いっかくせんきん》を狙《ねら》ったこともあったね。それこそ、その手の草は消えちまったが」

「そんなものが、あったんですか？」

「あったよ。『八ヶ岳人参《にんじん》』なんてのは、知る人ぞ知る薬草でね。一株見つけたら一生食ってけるって。けっこうな値段で取引きされてたよ」

「一生？　すごいな！」

隈さんは興味津々で、そんな彼をお姉ちゃんは怪しむような目で見ている。伍郎じいちゃんは、

「八ヶ岳人参……」

と、くり返していたが、なにか思い当たったような顔になって、

「あれが手に入れば――」

お姉ちゃんの方を見た。

「お前の病も、治るかもしれんな」

その言葉に、全員がじいちゃんに注目した。

「どういうこと？」

と私が聞くと、

「八ヶ岳人参、それは――」

と、じいちゃんは急に真面目顔になり、もったいぶった低い声で述べた。

「『全《すべ》ての病、心までをも治すことができる、幻の薬草』と言われた草」

「心まで？」

と私はさらに食いついた。じいちゃんはうなずいた。

「高麗《こうらい》人参、オタネ人参ってのがあるだろ？」

「滋養強壮で人気の？」

　と隈さんが聞くと、じいちゃんは、それよ、と彼を指した。

「あれの人工栽培を、昔からこの山でもやっていたんだ。それ自体は普通のオタネ人参だが、動物が種を運んだのか、山奥で自生して育っているものを、あるとき誰かが偶然見つけた。オタネ人参は、栄養のある土壌じゃなきゃ育たないし、栄養を吸いつくしてしまうから、同じ畑で二度作ることができないぐらいだ。そんなものが野生化するなんて、奇跡だよ」

　隈さんもお姉ちゃんも、意外に真剣な顔で聞いている。

「ちょうどその頃、韮《にら》村ってところが水害に遭って、それで家族を亡《な》くし、自分もケガをして身も心もボロボロになった長太郎ってやつがいた。もう危篤《きとく》状態だったが、可哀《かわい》想《そう》だからってんでその奇跡の人参を、飲ませてやったそうだ。すると――」

　じいちゃんは皆の顔を見て一拍おくと告げた。

「みるみる快復して、驚くほど元気になっちまったという。病んでいた心もすっかり癒《いや》され、心身ともに生まれ変わったように健康になったという話だ」

　しんと沈黙が漂った。が、

「日本昔話？」

とお姉ちゃんがそれを破って、伍郎じいちゃんも表情を変えてハッハッハと笑った。

「まあな。だが、それを探すのがちょっとしたブームになったのはホントだよ。そもそもあるもんじゃないから、幻の薬草だとか、そんな逸話や、値段がついたんだろ」

隈さんも笑ってはいるが、目はどこか真剣だ。私も、どこか昔話で終わらせたくない気持ちだった。

「でも……本当にそれ、心にも効くのかな」

私が呟くと、お姉ちゃんが首をよこにふった。

「そんなものなくても元気になるから、大丈夫」

じいちゃんは残っていたパスタをさらいながら言った。

「そう。前にも言ったが、そんなものを探すより、美味いものを食べてりゃ、じきに元気になるさ。タンポポでも雑草でも」

そのタンポポの葉を使った料理がもう一つあるんだけど、とお姉ちゃんはオーブンを指した。

「葉がルッコラにも似てるからピッツァにしてみたの。道の駅でもまだルッコラは高いって言ってたから、美味しかったらもうけもんだよ」

確かに、と私はうなずいた。

「雑草はどこにでもあるし、なんたって無料《タダ》だし。見つからない八ヶ岳人参より、まずはお得な雑草を食べよっと」

と笑って、私は焼き上がった熱々のそれをオーブンから出してきた。トマトソースの上に生ハムとチーズ、タンポポの葉がそのままのっていて、また見るからに美味しそうだ。お姉ちゃんは速やかにタンポポピッツァを切り分けようとしたが……にわかに動きがゆっくりになり、ナイフを持つ手が止まった。

「……茂花、悪いけど、切り分けてくれる？　私……ちょっと貧血っぽいから、よこになる……」

と、お姉ちゃんはナイフを私に渡して、居間のソファーの方へとおぼつかない足どりで行った。言われてみれば顔色がよくない。

「大丈夫、お姉ちゃん？」

と私が言ったと同時に、お姉ちゃんはソファーの前で崩れた。慌てて立ち上がった私より、一瞬早く駆け寄って、彼女の体を支えたのは隈さんだった。そして慣れてる感じで、お姉ちゃんを抱き上げてソファーに仰向けに寝かせた。

「だ、大丈夫、です」

とお姉ちゃんは抵抗するように彼に言ったが、隈さんは、

「いいから、らくにして」

と、慣れたように手首をとって脈を診て、お姉ちゃんの瞼《まぶた》にそっと指をやって瞳孔《どうこう》の

状態を確認している。

「へー。あんた本当に医者なんだね」

伍郎じいちゃんが感心して言うように、さっきまでの控え目な隈さんは、もうそこにはいなかった。

「異常はないので、軽い貧血だと思います。頻繁にあるんですか、貧血は？」

隈さんはお姉ちゃんを見つめたまま訊ねた。お姉ちゃんも相手を見つめ返して、

「いいえ。今日は、久しぶりに立ちっぱなしだったもんで」

素直に答えた。

「このまま少し休んでた方がいいですね。吐き気とかはないですか？」

はい、とすっかり患者な感じでお姉ちゃんも続けて答えている。

「あまりご無理なさらない方がいいですよ。どれも三ツ星の味で、美味しかったですが」

と隈さんはお姉ちゃんに微笑んだ。さすがのお姉ちゃんも目を逸《そ》らさずに彼に返した。

「どうも……。気をつけます」

「どこの病院で診てもらっているんですか？」

「国立上野病院です」

「免疫系の専門ですね。あそこは優秀な先生がいるから安心だ」

彼の言葉を聞くほどに、お姉ちゃんの表情から警戒心が消えていくのがわかる。穏やかにソファーによこになっているお姉ちゃんと、そのわきに跪《ひざまず》いている隈さん。言葉をかわしている二人を見て、私は小さく呟いた。

「お姫さまと王子さまみたい……」

伍郎じいちゃんにだけは聞こえていたみたいで、私の背中をポンと叩いた。

「茂花。おまえだって充分、可愛いぞ」

私は無表情でうなずいた。

「いいよ、無理にはげまさなくても。いつものパターンだから」

そう。小さいときから、男はみんなお姉ちゃんの方を好きになる。唯一《ゆいいつ》そうでなかった男は……隣の家で飼われてたハスキー犬ぐらいだ。去勢されてたけど。

「お姉ちゃんを見たら、男の人は誰だって好きになるよ」

「おまえにだって花はあるさ。ただ残念なことに――」

伍郎じいちゃんは、勝手にピッツァを切り分けながら言った。

「皆が欲しがる『八ヶ岳人参』のよこに生えてしまったのが、運のつきだな」

私は眉間にしわを寄せた。

「私は、ハコベかタンポポだって言いたいの？」

「雑草も、なかなか美味いぞ」

と、ピッツァを頬張ろうとするじいちゃんの手から、

「おまえに食わせる雑草はないっ！」

と、私はそれをひったくって取り上げた。

「なんだよ、おれは褒めてるんだぞ」

「褒めてないっ！」

とタンポポピッツァの取り合いをしている私たちは、

「気分が悪い人がいるんだから、静かにしてください！」

と隈さんに怒られて、慌てて口を閉じた。

伍郎じいちゃんと隈さんを見送って、キッチンを片付け終わると、やれやれと私はワインの残りを持って、ソファーに座った。そしてそこにあった雑草料理の本を開いた。

「雑草か……」

お姉ちゃんはロフトのベッドで、それこそ眠り姫のようにすやすやと眠っている。疲れたのか、怪しい医者でも診てもらってホッとしたのか。今日は無理させちゃったかもしれないけれど、お姉ちゃんも頑張ってるんだなと改めて思った。元気になるという目標に向かって。

私も頑張らなきゃ、と思う。でも、ちっとも自分は変わらないし、どう変えたらいい

のかもわからない。雑草は、どうあがいても雑草のままなんじゃないかな。それに比べて、

「お姫さまと王子さま、か」

と、絵になる二人を思い出す。隈さんがどういう人かは未だわからないが、悪い人じゃないような気がする。お医者さんが、お姉ちゃんの新しい恋人になってくれたら、他に勝る人はいないかもしれない。

「こっちは、スピード失恋だけどっ！」

と、天を仰いでソファーにもたれた。私にとって、良かったのか、悪かったのか。どうせ雑草だし、仕方ない。踏まれてなんぼ。

ところで、タンポポの効用はなんだろう？　と起き上がって本を見た。

「『母乳がよく出る』……」

失恋した女には、ずいぶん先の話だと、私はため息をついてタンポポの色に似ているオレンジワインを飲み干した。

森の鳥のつぶやき 2

ちゅんちゅんちゅん——
普段は気にもとめてない雑草だけど、
食べられると知ったら、
目の色を変えて探したくなるはず。
お散歩ついでに今夜のおかずをゲットしよう！
でも、他人の家の敷地に生えてるものは
雑草でも採ったらダメだよ。
ワンコがオシッコかけてそうなところも避けてね。
くれぐれも間違って毒のあるものを採って食べないよう、
ガイドブックなどを参考にチェックしてね、
ちゅんちゅん。

第三話

踏まれてなんぼの雑草姫

「八ヶ岳人参《にんじん》？　ああ、幻の」

事務的な口調で駅長は返した。擬態している鹿《しか》みたいに地味な男だが、人間のふりをしているＡＩじゃないかと思うこともある。棒読みで幻のと言われると、夢も希望もなくなるので、

「やっぱ、いいです」

この人に聞いたのが間違いだったと、私は仕事にもどろうとした。すると、

「心の病が治るってやつでしょ」

と駅長は言って、私は驚いてふりむいた。

「やっぱり？　それってホントなんですか？」

駅長は表情を変えずに、じっと私を見た。

「八ヶ岳人参が欲しいの？　頭は治らないよ」

私は握っている商品のネギで目の前の男を殴ってやりたいのを必死でこらえ、

「私じゃなくて、姉です！　姉に食べさせたいんです、もしそれがホントにあるなら」

と返した。どいつもこいつも、人のことをバカにして。

「ああ、病気の……」

と駅長は納得したようにうなずいた。そして、

「そうだね。そろそろいいかもよ、探してみれば？」

と、真面目《まじめ》な顔で言った。

「そろそろ？」

私は眉間《みけん》のしわを解いて聞き返した。

「八ヶ岳人参を探すのがブームになったのは、おれが大学出たぐらいの頃かな。あれから随分経《た》ったから、そろそろ復活してるかも」

駅長は、ひょろっとしているのに生産者から届いた重い米袋を軽々と持ち上げて、商品棚に並べていきながら説明した。

「知らないだろうけど、そもそも高麗《こうらい》人参、オタネ人参は、人工栽培でも薬になるようなものが収穫できるまで最低五、六年はかかるんだよ。だから天然の八ヶ岳人参は、採り尽くされたとも言われてるけど……万が一、種かなんかが残っていて、人の手を逃れて山で育っているとしたら」

と、駅長はよこにある普通の人参を指した。

「収穫どきかもね」

ＡＩ口調なので、冗談か本気で話してるのかイマイチわからないが、伍郎じいちゃんとは違って、駅長の話はどこかリアルだ。また鹿のような顔で言われると、ありそうに思えてくる。

「えっ、じゃあ、どういうところを探せばいいんですか？」

私が食いついて聞くと、駅長はあきれた顔で、

「それを知ってたら、自分で採ってる」

と、もっともなことを言った。そして、

「ほら、お客が増える時間だからレジ入って」

とレジを指して、自分は台車を押して倉庫へともどって行こうとした。が、ふと立ち止まり、

「詳しく知りたきゃ、『こみちざわ薬用植物園』に行ってみたら？　ついでに、植物や山菜のことも少し勉強してよ。草を知る。まずそこからだよ」

と肩越しに言い残して去った。

「薬用植物園……はい、わかりました」

と、私はレジへと向かった。草を知る、か。

レジに入った私は、そこから見える駐車場の方に視線をやった。グレーのプリウスは

……今日は見えない。昨日、帰りぎわに伍郎じいちゃんが、おれのところに泊まっていけと言っていたから、やっかいになっているのかも。なんか、うちにもまた遊びに来るような気がする。

だって、お姉ちゃんも今朝になったら、

「昨日ブラックジャックに、『血圧を計っといた方がいい』って言われたから」

と、珍しく血圧計を出してきて、計っていた。

「ブラックジャック……？」

ってか、そんなあだ名、いつの間につけたんですか？　怪しい医者だからという意味だろうけど。なんか……好印象に変わってないか？　いや、お姉ちゃんに新しい彼氏ができるのは、いいことなんだけど、私が、望んでいることなんだけど。

「なんだけど……」

ここまでモヤモヤしてるのは、けっこう隈さんのこと、本気で好きになりかけてたのかな、私。

「ああ、もう！　いらっしゃいませ！」

と、私はキレぎみにお客様のカゴをひったくって、商品の値段をピッピッピとリーダーで読み始めた。

「二万一千二百十円……に、なります」

ずいぶんと豪勢に買物をする人だな、とお客様の顔をチラッと見た。隈さんよりは若干背が低いが、やはり三十代後半ぐらいの男性で、パッと見でも鍛えてるとわかるいい身体《からだ》をしている。凝ったサングラスをかけ、ランニングウェアには高級ブランドのロゴが入っていて、いかにもお金持ちって感じだ。

「ここって、配達してくれるの？」

やけに通る声で彼に聞かれて、宅急便ですか？　と返すと、

「じゃなくて、近くのホテルまで届けてもらえないかな。歩いて来たのを忘れて、こんなに買っちゃった」

と彼は微笑《ほほえ》んで、今買ったワイン三本と地酒、チーズや地元産の珍味などを見下ろした。

「申し訳ありません、直接配達はしてないんです」

「手数料払うけど？」

と言われて、私はちょっと黙って、上腕筋がしっかり盛り上がっている彼の腕をチラッと見た。

「近くのホテルって、『オテルドゥ小径沢』ですか？」

うん、と彼は言った。道の駅から歩いて十分ぐらいのところにあるリゾートホテルである……。興味半分で私は聞いていた。

「ご自分で、持っていけません？　そんなに遠くないですよ？」

彼はアハッと笑って、自分の腕を指した。

「やっぱ、そう思うよね？　鍛えてるんだけど、ヘンな筋肉をつけたくないんだ、商売道具だから」

どういうことかわからないけど、見かけのわりに気さくな感じで、私も自然と笑っていた。

「すみません、出過ぎたこと言って」

「いいの、いいの。……じゃ、悪いけど一度返して、あとで車でまた来るよ」

と言う彼に、私は慌《あわ》てて、

「ちょ、ちょっと、待ってください！　店長、じゃなくて駅長に聞いてみます」

と、台車を片づけてきた駅長のところへ走った。また来るかは怪しいし、二万円を超すお買い上げを逃すのは惜しい。

「駅長、ホテルまでワインを届けて欲しいというお客様が――」

直接配達はやってないでしょ、と言いたげにこちらを睨《にら》む駅長に、私は続けて言った。

「ちなみに、お買い上げが二万円超えなんです」

駅長は無表情のまま、レジで待っている男を見やったが、

「『今回だけ』って、念押ししてから、配達して」

と指令して、去っていった。

「はいっ、休憩時間の前に行ってきます！」

私は元気に返して、それを「上腕筋肉さん」に伝えにレジにもどった。

なぜ私が積極的に配達を引き受けたか。売上げのためだけでなく、もう一つ理由がある。その届先の『オテルドゥ小径沢』が、私のお気に入りの場所だからだ。

春は新緑、夏は避暑、秋は紅葉、冬はスキーを楽しみに都会からやってくる人で人気の高級リゾートホテル『オテルドゥ小径沢』。ヨーロッパの街並みを森の中に再現したような広大な施設になっていて、メインストリートにはオシャレな雑貨屋さんや、カフェなども立ち並んでいる。道の駅が庶民の憩《いこ》いの場なら、こちらはハイソな人たちのリラクゼーションの場だ。高級過ぎて私など泊まりたくても泊まれないが、施設の中をただ歩いているだけでもリッチな気分になれて、現実逃避ができる。

頼まれたお買い上げの商品を車で運んできた私は、駅長に言われたとおり、ホテルのフロントに、

「505号室にお泊りの岩井《いわい》様に配達の品です」

と、それを預けて、あとはホテルの人に任せた。これで私の仕事は終了。残りの休憩時間は、ホテルの中にあるお気に入りのブックカフェでものぞいていこう。

落ち着いた照明の店内に入るとコーヒーのいい香りがして、都心のカフェを思い出し、自分がホッとしているのを感じた。雰囲気もおしゃれで、様々なジャンルの本が並んでいるけれど、ビジネス書やベストセラーの類はあまりなく、休暇に来ている人に向けて、懐《なつ》かしい小説や趣味の本、キャンプ関係、ヒーリングなどの本が置かれている。八ヶ岳の植物や薬草を紹介している本もある。

さすがに八ヶ岳人参のことは、載ってないだろうなと、表紙を見ただけで前を過ぎた。

「『八ヶ岳野草大百科』か」

平日なのに、店内にはけっこう人がいる。絵本やおもちゃが並ぶ子供向けのコーナーでは、子連れの家族が楽しげに本を見ている。オシャレな着こなしをしている若いお父さんは、どんな職業の人なんだろう。道の駅でも、平日の昼からぷらぷらしている人はいるけど、ここで優雅にコーヒーを飲んで本を見ている人たちは、ちょっと毛色が違うように感じる。いかにもバリキャリという感じの女性は、独り旅だろうか。頑張ってる自分へのご褒美旅行かな。品のよいブランドバッグを下げている奥様と、ロマンスグレーの旦那《だんな》様も、なにかを求めてこの地を訪ねて来たのだろう。

でも彼らは、「逃げてきた」わけじゃない。

自然の中で癒《いや》されて、また都会の自分の家へと帰っていく。帰るところがある彼らを、ちょっとうらやましく思っていることに気づいた。手に取った本も開かずに、私は非日常を楽しんでいる幸せそうな人たちをしばらく見やっていた。

「お姉さん、道の駅のお姉さん！」

呼びかけられて、ハッとわれに返った。驚いて声の方を見れば、上腕筋肉さんだった。

「今、フロントの人がこっちに行ったたって言うから。いたいた、配達ありがとう」

私を探してきたらしい彼は、いかにも休暇です、というようなカーディガンに着替えていて、やはり勝ち組感をかもし出している。

「配達料は？　払うけど？」

と聞くので、本当に今回だけなのでサービスです、と返した。彼はちょっと考えていたが、

「じゃ、ジェラートは好き？　お礼におごるよ」

と微笑んで、人気のジェラート店がある方向を指した。ブックカフェの並びにあるその店のジェラートは絶品で、私は思わず黙ってしまったが、

「いえ、勤務中なんで、もう行かないと」

と、どうにか理性をふりしぼって断った。が、

「そんなぁ、本屋をふらついてるぐらいだから。大丈夫でしょ」

上腕筋肉さんは、私をうながして歩き出し、

「ジェラートぐらいは、おれも自分で持てるから」

　と肘《ひじ》を曲げて筋肉を見せ、笑った。私もつられて笑ってしまった。なんだか陽気な人で、ま、いっか、と私はごちそうになることにした。ん？　この展開、どっかであったな？　と思いながら。

「この辺りで、信用できるいい不動産屋、知らない？」

　ジェラート店の前のベンチに腰掛けて、ごちそうになった山科県産白桃のジェラートに舌鼓《したつづみ》を打っていると、隣でやはり地元産のハックルベリーのジェラートを食べている彼に聞かれた。

「不動産屋……」

「地元の人に聞くのが一番かなと思って」

　彼は笑顔のままうなずいた。

「私も、引っ越してきたばかりで。小径沢の駅前に、あったかなぁ、ぐらいで……」

　と言うと、ふーん、と彼は私を横目で見た。

「土地でも探してらっしゃるんですか？」

　上腕筋肉さんこと、岩井さんは首をふった。

「その逆。別荘を売りたいんだ」

「売りたい？　ってことは、ここにそれを持ってらっしゃる？」

「ちょっと上に行ったところにね」

彼はスプーンでそちらを指した。黙っている私を見て、

「そこに泊まらないで、なぜここに泊まってるのかと思ってるんでしょ？」

と返し、普通のことだという感じで淡々と説明した。

「投資で建てたものだから。自分はほとんど使ってない。読みどおり、人気のエリアになってきたから、久しぶりに見に来たんだよ」

「投資……」

「二、三日歩いて見てまわったけど、まあ、これ以上高くなる感じでもないから、ここで売りに出すかなと」

私は、相手の顔をじっと見ていた。お金持ちというのは、都会にも、田舎にも家を持っていて、でも、高級ホテルに泊まるんだ。驚きを通り越してあきれていた。

「君も移住組なのか。言われりゃ、話しかけやすかったから、地元の人じゃないよね。君もこっちに家建てたの？」

と聞く彼に、私は苦笑いして返した。

「いえ。親がむかーしに使ってた山荘を直して。姉と二人でどうにか暮らしてる感じです」

「そうなんだ」

　彼はニコッと微笑んだ。愛嬌《あいきょう》のあるかわいい人だなと思った、次の瞬間、私を睨んでいるお姉ちゃんの顔が、パッと頭に浮かんだ。慌てて心中で、お姉ちゃんに言った。大丈夫、好きにはなりません。ナイスガイでいい身体してるし、お金持ちだけど、私のタイプではないです……たぶん……大丈夫。

　私は話を変えるように、不動産屋は知らないけど、

「大叔父が地元の人なので、色々知っているかも」

　と、伍郎じいちゃんが道の駅に山菜を届けにくる時間を教えると、ありがとう、と彼はまた笑顔で返した。

「岩井さんは、お金持ちなんですね。商売道具って言ってましたけど、それで稼いでるんですか？」

　と私は彼の上腕筋肉を、指さした。

「これね。紳士服とかのモデルやってるんだけど、その仕事は趣味みたいなもの。本業は別で、会社経営とか色々やってる」

　はあ、と別世界の話に、ジェラートを味わいながらうなずくだけだ。

「それで君は、来たばかりって、どのくらい？」

「半年です」

　私が答えると、彼はもう必要なくなったスプーンをよこのゴミ箱にポイと捨てて言っ

た。

「君も、逃げてきた人間か」

その言葉に私はびっくりして、彼の顔を見た。

「自然の中で暮らしたいとか、人間らしい生き方を求めてとか、移住組は言うけど。ぼくに言わせるなら、やっぱり負け組だ。地元の人も内心では、いい迷惑だと思ってるんじゃないかな」

彼は憎めない顔のまま、そういうことを言った。彼は続けた。

「場所を変えればどうにかなるという安直な考えで来ても、同じことを繰り返すだけだよ。問題に立ち向かわない人間はなにやったってダメ。ぼくはそう思う」

口を半開きにして、私がなにも言えないでいると、彼は真《ま》っ直《す》ぐこちらを見て忠告するように言った。

「来たばかりなら、早いとこ帰った方がいいよ。なにも変わらないって。半年いて、不動産屋の一つも知らないんだから。なにも変えられないって」

私は自分の指に溶けてきたジェラートがかかっているのに気づいた。が、それを拭《ふ》くこともせずに返した。

「移住して、幸せに暮らしてる人は、いっぱいいいます」

でも、思ったほど声は出てなかった。

「この土地に選ばれた人はね」

彼は山を見て言った。

「逃げてるだけじゃ、選ばれないよ」

抑えきれない憤《いきどお》りで、私は立ち上がっていた。

「逃げて、なにが悪いんですか？」

ようやく出た大きな声に、彼はハッと気づいたように、私を見上げた。

「あ、ごめん！　知らない人にうっかり説教してた。ホント申し訳ない、ちょっといろいろあったもんで――」

けれど、彼が言い終わらないうちに、私は食べていたものをゴミ箱に捨て、そこを去っていた。大好きなコーンを食べずに捨てるなんて、初めてだった。駐車場へと早足で向かいながら、言わずにはいられなかった。

「いったいなんなの、ここは？　ヘンな男ばっかり！　やたら害虫みたいに出てきて！　田舎ってホントやだっ！　いいことなんて、ちっともない！　東京で便秘してた方がまだまし！」

歩く速度はどんどん速くなっていって、気づくと、まさに逃げるように走っていた。

「なんでこんなとこ来ちゃったんだろう！」

それは、半年間ずっと思っていた、でも言えなかった本音でもあった。

本日、具合の悪い顔をしてソファーによこになっているのは、お姉ちゃんではなく……私だ。後ろのダイニングテーブルで、伍郎じいちゃんとお姉ちゃんが小声でしゃべっているのが聞こえる。

「いったい、なにがあったんだ？」

「わかんない」

　ホテルから帰ってきた私は、道の駅のバイトを辞めたいと、お姉ちゃんに伝えた。

「ごめん、お姉ちゃん。私、もう、頑張れなくなっちゃった」

と言うと、お姉ちゃんは真剣な表情で、わかった、と返して、道の駅に自ら連絡して、それを駅長に丁寧に伝えてくれた。以降、私は家にひきこもっている。

そのことを聞いた伍郎じいちゃんが、いったいどうしたんだ？　と訪ねてきたようだ。

「私のために、かなり頑張ってたから……。疲れちゃったんだと思う」

お姉ちゃんは聞こえないように言っているが、聞こえてる。そう思わせてしまって、悪いなと思う。でも、不思議とお姉ちゃんの気持ちが今はわかる。心が元気でないと、こうも体って重くなるんだ、と。熱っぽくもなるし、動かなきゃと思っても動けない。心から病気になるって、こういうことかもと。

「ここに来る前、私と同じように茂花も会社で色々と大変な目にあってて……。でも、私が先に倒れちゃったから、悪かったなって」

お姉ちゃんが言ってるのが聞こえ、気づけば私の目から大粒の涙が、ポロッとこぼれていた。私のことを好きだと言って、いいように利用してた男が、別の女性とカフェで手を握りあっているのを偶然見てしまったときは、出なかった涙が……今、出てきちゃった。

「泣いてるぞ？　大丈夫か？　茂花が泣いてる！」

聞こえてるよ、じいちゃん。私だって人間だよ。

「茂花にも、休む時間が必要なのよ」

「茂花は雑草タイプだから、もっと適応力があると思ったんだがなぁ」

だからじいちゃん、聞こえてるよ。

「雑草は、踏まれてなんぼだから」

さすがに私はムッとして、起き上がると、

「雑草だって踏まれりゃ痛いのっ！」

じいちゃんに怒鳴って返した。

「だいたい、じいちゃんが、こんなとこに来いって言うからいけないんだよ！」

自分の声で頭まで痛くなってきて、私はまたソファーによこになった。しんと沈黙が漂った。

「おれ、来いなんて言ったっけ?」

伍郎じいちゃんがお姉ちゃんに聞いている。お姉ちゃんも無言で返して、怒っているのがわかる。じいちゃんは話を変えようと、私に語りかけた。

「茂花、駅長も心配してるぞ。なにかあったんじゃないかって」

「なにかって?」

お姉ちゃんが鋭く反応した。

「なんでも、買ったものをホテルまで配達してくれないか、という男がいて、それを茂花が届けに行ったらしい。部屋まで届けるのは危ないから、フロントに配達しろと駅長は言ったらしいが。その配達に出たきり茂花が店にもどらず、急に辞めると言ってきたから、駅長もなにかあったんじゃないかと。聞いてきて欲しい、と駅長に頼まれたんだよ」

と、じいちゃんが説明すると、

「男? 茂花、聞いてないよ、そんな話?」

お姉ちゃんまで声が大きくなった。

「茂花の男運の悪さは天下一なんだから! まさか、その客の男とまたヘンに関わったんじゃ、ないでしょうね?」

私が黙っていると、お姉ちゃんはソファーのよこにやってきた。

「ちゃんと言いなさい。いったい、なにがあったの？」

「……ちょっと、言いにくい」

と返すと、伍郎じいちゃんまで顔色を変えてこっちに来た。

「まさか、おまえ！」

あれっ、なにか勘違いされてないか？　じいちゃんは動揺しながら携帯を誰かにかけている。

「そいつの顔は覚えてるか？　まずは、小径沢派出所のケンちゃんに通報を……」

私はガバッと起き上がり、

「されてない、されてない！　なにも！」

慌ててじいちゃんを止めると、玄関のインターホンが、ピンポン！　と鳴った。伍郎じいちゃんがそちらを見て、

「早いな、連続犯なのか？　聴取に来たか？」

と言うと、

「こんにちは？」

じいちゃんが開けっ放しにしていたドアから隈さんが入ってきた。

「茂花さんがレジにいないので、どうしたのかと思ったら、辞めちゃったというので」

と、こちらをのぞく彼に、伍郎じいちゃんは真顔で返した。

「いいところに来た。捜すのを手伝ってくれ！」

「八ヶ岳人参ですか？」

「いや、茂花にひどいことをした暴行犯を」

「えっ!?」

　隈さんが驚いて私を見るので、

「だから違うって！」

　と大きな声をあげた瞬間、頭がクラッとして、私は崩れるように倒れた。

「茂花！　大丈夫？　茂花！」

　お姉ちゃんの声が遠くで聞こえて、隈さんがなにか言っているが、目の前がモノトーンになっていく。これが貧血ってやつね。姉妹して、ブラックジャックに……診てもらうことに……なる、の、かな……。

「最近、レジにいる茂花さんを見て、ちょっと限界にきてるなとは思ってたんですよ。ぼくに言われたくないと思いますが」

　そして「過労」だから少し休むようにと、隈さんに進言された。そのように診断されると不思議と気持ちが落ち着いた。自分では元気だと思っていたのだけれど、違う環境で頑張ってきた疲れが、この私にもたまっていたようだ。

「で、結局のところ、なにがあったの？」

とお姉ちゃんには何度か聞かれたが、私は上腕筋肉男のことは話さなかった。あいつに言われた言葉が忘れたくても浮かんできて、

「あーっ、うるさい！」

と独り叫ぶこともあったが、毎日、私たちの様子を見にきて、診察的なことをしてくれる隈さんは、

「叫ぶ元気があれば大丈夫ですよ」

と笑っていた。お姉ちゃんに会いにくる機会が増えて、よかったね……。

診断どおり、休んでいるうちに体調も次第によくなってきた。けれど、なにかする気力が未《いま》だわかず、日がな一日、絨毯《じゅうたん》の上でごろごろしていると、お姉ちゃんが、

「茂花、これ飲みなさい」

と、ハーブティーのようなものを作って持ってきた。

「なに、これ？」

「スミレのお茶」

お姉ちゃんは微笑んで、ガラスのポットを私に見せた。薄紫のお花をつけた草がお湯の中にぷかぷか浮いている。

「スミレ……」

私は子供の頃に森で見つけたそれを思い出した。

「スミレは精神安定や不眠に効果があるって、例の本にあったの。じいちゃんに頼んだら、裏の森にあったぞって、見つけてきてくれた」

天日干ししてからお茶にしたというそれは、お湯の中でやさしい色を放っている。私は感無量で見つめた。

「本当に、元気をくれるお花だったんだ……」

お茶と言っても、うっすら緑がかったほぼ白湯《さゆ》みたいなものだが、一口飲むと、ちょっと青臭くて、森にいる香りだ、と思った。

「ありがとう、お姉ちゃん」

私は微笑んで返した。

「どこまで効くかわからないけど。でも見てるだけで、気持ちが安らぐよね」

と言うお姉ちゃんと私は、ポットの中の小さなお花をいつまでも見つめていた。昔にもどった気分だった。裏の森で遊んでたあの頃に。あれから、家族にも、お姉ちゃんにも、私にも、色々なことがあって、もう昔の自分じゃないけれど、スミレを見てる間は、その時代にもどれる気がした。

スミレのお茶の効果なのか、次第に心も体も落ち着いてきて、物事が冷静に考えられるようになってきた。ひきこもっている間は、伍郎じいちゃんと隈さんが買ってきてくれる道の野菜を食べていたが、それを見ると申し訳ない気持ちにもなってきた。

「そろそろ忙しい季節になるって言ってたよね……」

「ああ、平日も観光客がけっこう増えてきたな」

じいちゃんは、私にケールとブロッコリーを渡しながら言った。

「道の駅は忙しそう？」

「まあな。ここらじゃ、都会と違って雇う人間もすぐには見つからないからな」

伍郎じいちゃんは微笑んで、また来るよ、と帰っていった。それを見送りながら、また、やっちゃったと思った。

ヘンな男に説教されて、また、その場の感情でよく考えずに行動してしまった。場当たりで動いて大騒ぎする性格を、変えようと思っていたのに。

「悔しいけど、あの上腕筋肉が言ったとおりだよ」

勝手に妄想してやってきて、思ったようでないとクサクサして衝動的に辞めちゃうなんて……ホント、地元の人はいい迷惑だと思う。

私は、ソファーからガバッと起き上がった。

「伍郎じいちゃん、待って！」

軽トラックに乗ろうとしているじいちゃんに、私は窓から顔を出して頼んでいた。

「道の駅まで乗せてって。まだ運転するの、ちょっと恐《こわ》いから」

「恐いのは、運転じゃないだろ」

じいちゃんは笑って、手招いた。

「一緒に行ってやるよ。早く乗れ！」

伍郎じいちゃんの運転する軽トラの助手席から、私は空を見上げた。曲がりくねった道を覆《おお》うように木々が枝をのばしている。

「緑のトンネルだ。一週間でこんなに増えるんだ……」

引きこもっていた家から出たら、外は別世界になっていた。視界の全《すべ》てが緑で輝いている。息苦しいほどの緑に包まれて、自然ってすごい、と驚いていた。

「こんなもんじゃない。どんどん増えるぞ、夏まで」

都会にいた時は、桜だ、新緑だ、紅葉だと、自然もわかりやすいものしか楽しんでなかったけれど、枝や葉が伸びていく過程や変化、その勢いに、こんなにも感動できるなんて知らなかった。すごいパワーを感じる。地球が下から植物を応援して、持ち上げているようだ。

「これは、ここに住んでないとわからないね」

伍郎じいちゃんは笑顔でうなずいた。

「だからおれは、来いと言ったんだ」

と、また調子いいこと言ってる。

「あのさ。もう一つお願いしていい？」

私は緑が流れていく風景を見つめて頼んでいた。

「道の駅に行く前に、『薬用植物園』に寄ってくれる？」

じいちゃんは、オッケー、とだけ返して、そちらへと道を曲がってくれた。

車から降りて、『こみちざわ薬用植物園』に踏み入った私は、思わず両手を合わせた。

「お城の庭園みたい！」

道の駅よりちょっと標高が高いところにそれはあって、八ヶ岳や南アルプスを背景にした広い敷地には、数百種類の薬用植物や高山植物が栽培されているらしい。薬用植物園と聞くと地味な印象があったけれど、綺麗《きれい》に区分けされた花壇や、刈り込まれた芝、植木で造られた園内はちょっとだけ、ヨーロッパのお城をイメージさせる。

「雑草姫のお庭だな」

伍郎じいちゃんが笑って、

「なに、雑草姫って？」

私はムッとして返した。

「隈くんと、ウラでそう呼んでるんだよ。茂花は『雑草姫』。夕花は『高嶺《たかね》の花姫』」

「なら、オモテで呼ばないでっ」

と私はふくれてスタスタと、受付でもらった地図を見ながら、様々な薬草が植わっている区画の奥へと進んだ。この辺りに、目的のものがあるはず。スミレのお茶でその癒しの力を実感した私は、ますます「幻のそれ」に興味がわいてきて、どんなものか知りたくなったのだ。

「あった『オタネ人参』！」

名前札にそれを見つけて、私は駆け寄った。これの天然ものが「八ヶ岳人参」なら、姿形はほとんど同じだと思われるが……。

「これが？」

日差しに弱いのか、そこの区画だけ藁《わら》で作られた厚い日除《ひよ》けがあって、その下にヒョコッと遠慮がちに草が生えている。

「ホントに、これなの？」

明るい緑色の葉は、手のひらを広げたような五枚葉で、茎からパッと広がるように出ているが、なにしろ、地味というか……頼りない。

「ま、根の部分を薬にするものだから」

と私は、顔を寄せて見た。

「あっ、これってもしかして花？」

よーく見れば、ペンペン草の花みたいな白い花が、ポツ、ポツと咲き始めている。言われなきゃ気づかないような花……これまた地味だ、主張がなさすぎる。

「花はしょぼいけどな。それが見事な、真っ赤な実になるんだ」

伍郎じいちゃんが教えてくれた。こんな花なのに？　と、信じられなくてスマホを出して調べてみると――。

「うわっ、綺麗！　本当だ。クリスマスの飾りみたい！」

消えてしまいそうな花からは想像もできない、鮮やかな実をつけたオタネ人参の画像が出てきた。いや、柊《ひいらぎ》よりも朱色で、艶々《つやつや》と鈴なりに実って、ゴージャスだ。頼りなかった葉までが生き生きと目に映る。

「実がつくまでにも、数年かかるらしいけどな」

目が覚めるようなビビッドな色の実を見て、これは疑いなくパワーを持ってる草だと思えてきた。

「日除けがあるのは、太陽に弱いのかな？」

「人工栽培ではこうやるが、天然ものは木の陰や藪《やぶ》の中で、他の植物に隠れて育つんじゃないかね」

「八ヶ岳人参があるとすれば、そういうところに生えてるのか」

私は想像した。誰も入ったことがないような薄暗い森で、真っ赤な実をつけていることの草を。

「探してみたいな。八ヶ岳人参」

　でも、季節によっては実をつけてるとはかぎらない。この地味な草を見つけ出すのはなかなか難しそうだ。

「じいちゃんは……どうやって、無数にある草の中から、必ずしも派手じゃない山菜を間違わずに探し出しているの？」

　聞くと、じいちゃんはほぼ即答で答えた。

「アイドルと同じだよ」

「アイドル？」

「イマドキの大勢でつるんどるアイドルさ。それと同じ。じいちゃんも最初はみーんな同じ子に見えたけどな。わかりやすい子から、こいつはお多福顔だ、こいつは鼻の形がヘンだ、とか自然と覚えていくだろ？　そうやって他がわかっちまえば、地味な子も『あれっ、今日はあいつがいないなぁ』と、わかるようになる」

　伍郎じいちゃんは、よい香りを放って咲きほこっている白い花や、青々と茂っている細い草や、葉の裏が赤い木などが植わっている園内を見やった。

「欲しい草をイメージして探すのもいいが。だいたいの草を知ってりゃ、あっ、ここにはないなと見てわかるんだよ。草を知るほど簡単になる」

言われれば、私はこれらの草木の名前をほとんど知らない。

「草を知るほど……」

今までと違った感じでそれらが見えてきて、私はじいちゃんと一緒に広い薬草園を見渡した。

「で、道の駅はどうすんだ？　おれもそんな暇じゃないんだが」

言われて、ハッと当初の目的を思い出した。

ピッピッピ、とマシンのようにバーコードを読んでレジを打っている駅長を、離れた場所からもじもじして見ていた私は、伍郎じいちゃんに、「早く行け！」とうながされてしかたなくそこへ行った。

「もういいの、体調？」

と駅長は私を見ずに、足りない釣銭を補充しながら聞いた。

「……あの、本当にすみませんでした。迷惑も考えないで、突然、辞めるなんて言いまして」

私は深々と頭を下げた。彼は横目でちらっと見ただけで、

「木下さんが突如として騒ぎだすのは、いつものことだから。ヘンな男のところに一人で配達に行かせたぼくも悪かったし」

　いつものＡＩしゃべりで返した。感情が読めないその顔を見て、なぜかホッとしている自分がいるのが不思議だった。

「あの、辞めといてこんなことすぐ言うの、なんですが。もし、必要であれば、忙しい時期が終わるまで、もう少し働かせてください」

　小さな声で申し出ると、彼は手を止めて、こちらを見た。その額には珍しくシワが寄ってる。恐っ。駅長は声を大きくして、私を指さした。

「だから言ってるっしょ！　いつものことだから！　あなたが辞めると言ったところで、誰が本気にするか、っての！」

　えっ、と私は驚いて、なにを怒られているのかちょっとわからなくなった。

「そろそろもどってくる頃だろうと思ってたし。もういいから早く、値段シール貼《は》りやって。乾物の袋詰めも山とたまってるから！」

と一瞬壊れたＡＩは、不機嫌な顔のまま、地元産コーナーを顎《あご》で指した。

「はっ、はい！」

と私は慌てて、自分のエプロンを探した。私たちの様子を見ていた伍郎じいちゃんが、笑いながらやってきた。

「よかったな、復帰させてもらえたか」

　私が駅長の方を見ながら黙ってうなずくと、

「すまんね、駅長」

と伍郎じいちゃんは彼に頭を下げた。駅長はＡＩしゃべりにもどって返した。

「『半年の馬』ですから。慣れてます」

「そっか。茂花おまえ、ここに来て半年か？」

私がうなずくと、二人は笑っている。

「なに『半年の馬』って？」

じいちゃんが笑いながら説明した。

「ここらは乗馬クラブや、牧場なんかが多いだろ？　引退した競走馬なんかもやってくるんだが。平地から来た馬が、半年ぐらいで急に元気がなくなることを言うんだ」

「馬？」

駅長は、ちょっと口元に笑みを浮かべて説明した。

「最初は新しい環境にはしゃいでるんだけど、だんだん傾斜も季節による温度変化もきつくなってきて、半年経った頃にホームシックになって、馬運車とかに体当たりするんだ」

人間もそう、と駅長はまた無表情にもどった。

「転校生とか、転勤とかで他から来た人間は、やっぱり半年経ったぐらいで体調を崩したり、不登校になったりすることが多いんだよ。そういうときも『半年の馬』と呼ばれる。だからこっちは慣れてるの」

その話を聞いて、

「ああ、なるほど」

と思わずうなずいてしまったが、

「茂花は、じゃじゃ馬ってほどでもないからな。じゃじゃポニーぐらいか」

伍郎じいちゃんに言われて、はたと気づき、

「馬と一緒にしないでください！」

と二人に怒って返した。雑草だ、馬だと、人のことを言いたいように。これでも半年前までは、渋谷にあるそこそこ大きい広告代理店で立派に働いてたんだからね、と呟《つぶや》きながらシール貼りの作業を始めたが、

「半年の馬か……」

山間の牧場で、沈んでいく夕日を呆然《ぼうぜん》と見つめている、都会から（逃げて）きた寂しげな「半年の馬」の姿を、自分と重ねて想像してしまうのだった……。

「ごめんなさい。君たちの方が、よっぽど適応してます」

私は木の柵《さく》にもたれて、馬場をのんびりと歩くかわいい馬たちに語りかけていた。

謝ったり、怒られたり、怒ったりして、なんだかんだバイトを再開した私は、いつも

のシフトで最後まで働いて、伍郎じいちゃんも忙しそうなので帰りは自分で歩いて帰ることにした。

さっきの話から馬を見てみたくなって、ちょっと遠回りにはなるけれど、近くにある乗馬クラブのよこの道を選んで来てみた。同類相哀れむつもりで来たのだが。

「『おまえと一緒にするな』と、思ってるよね」

と近くにいる一頭に話しかけると、ブルッ！　と馬は頭をたてにふった。馬場で過ごす馬たちを見れば、寂しげどころか、余裕の表情で落ち着きはらっている。タラッタラッタとウォーミングアップ的に小走りしたり、地面の雑草を食べるでもなく鼻で触ったりしている。来たばかりではしゃいでるテンションでもないし、遠い目で夕日を見ているやつなんて一頭もいない。もしかすると、ここに長くいる馬たちばかりなのかもしれないけれど。

「すみません」

「はいっ？」

乗馬クラブの厩務員《きゅうむいん》らしい若い女性が、馬場のよこで掃除をしていたので、ちょっと聞いてみた。

「この馬さんたちは、ここに長くいらっしゃる方ばかりなんですか？」

長くいらっしゃる……と彼女はちょっと困惑しながら馬の方を見た。

「いえ。あの白い子なんか、先月に来たばかりですよ。その子は、二ヶ月ぐらい前に来たばかり。他は来てから一年は過ぎたかな」

「……あ、そうですか」

先月に来て、あの余裕か、と雑草を鼻でつんつんやっている白い馬を見つめた。私よりも絶対に適応している。そのとき、
ブルブルヒヒーッ！

と、ヒステリックに鳴く声がして、驚いて私は馬場の向かい側にある厩舎を見た。

馬さんのお家《うち》である厩舎は、一頭ずつお部屋が区切られているようで、並んでいる窓の一つから、薄茶色の馬が顔を出していて、そいつの鳴き声だ。前髪もちょっと乱れている彼だか彼女だかは、窓枠を壊す勢いで首を突き出し、頭をグルングルンと、まわしている。

もうこんなとこに収まっていられねーよ！　うんざりだよ！

という感じだ。いたいた、ようやく落ち着いてないのがいた。こうでなくっちゃ、と私は教えてくれた彼女に聞いてみた。

「あの子も、来たばかりですか？　もしかして半年ぐらい？」

彼女は笑って言った。

「あれは、一番長くここにいる子よ」

「一番、長く？」

ショックを受けて私は頭をふりまくってるその子を見た。

「じゃ、来たときから、あんな感じ？」

「ずっと、あんな感じ」

誰よりも長くいるのに、未だに余裕がないということだ……。

「そうですか……。ありがとうございました」

私は、こちらを不思議そうに見ている彼女に一礼して、どんよりとそこを去った。

「いつまでも適応できない馬。将来の私を見るようだ……」

帰ってきた私は、さすがにもう薪《まき》を燃やすことはなくなった暖炉の前で大の字になっていた。

「大丈夫？」

お姉ちゃんが心配して声をかけてきた。

「無理して仕事しなくていいよ、まだ貯金はあるし。野菜買えなくなったら雑草採って食べてればいいから」

冗談か本気かわからないが、伍郎じいちゃんから私がバイトに復帰したことを聞いたのだろう。

「いや、仕事のことじゃないの。自分に似た馬を見て、やんなっちゃっただけ」

「馬？」

今度紹介します、と私は言って、心配させないよう起き上がった。

「仕事は大丈夫。駅長は私のことなんて全てお見通し。ちょっと怒ってたけど」

お姉ちゃんは微笑んでる。

「会ったことないけど、話を聞いてると駅長って、なかなかの人だよね。そういう人を好きになりなさいよ」

「えっ？　やだよ。あんなＡＩしゃべり」

「じゃ、やっぱりブラックジャックがいいの？」

「あいつは、お姉ちゃんのことが好きだから。あげるよ」

お姉ちゃんは驚いて、大きく首をよこにふった。

「あげると言われても、いらないし」

「いいじゃん。腐っても医者だし」

「だから、腐ってなくても、男はもういいって」

でも、そういうのは抜きで、とお姉ちゃんは真顔になった。

「私たちのことを、彼は親切に診てくれて、とはいえ感謝してるの。県内にある免疫《めんえき》系に強い病院も紹介してくれたし。緊急のときは東京に行くのも大変だろうからって」

　そして私に聞いた。

「今も、道の駅に住んでるの？　彼は？」

「たぶん。天気がいいとキャンプ場にいるみたい。天気悪いと伍郎じいちゃんの家に転がりこんで、じいちゃんの仕事手伝ってるらしい」

　お姉ちゃんはちょっと考えていたが、

「関わるならどういう人なのか、わかっといたほうがいいから。また食事に呼んで今度は彼のことをちゃんと聞こうと思う」

　と言うので、私は賛成した。

「また雑草料理でも作る？」

　いいかもね、とお姉ちゃんは本棚に寄って、徹也さんの写真のそばに納めてある、例の雑草料理の本を引き出した。私は、別の本の背表紙が目に入って、

「あっ」

　と反応した。ブックカフェで見た、『八ヶ岳野草大百科』があったのだ。

「これホテルのブックカフェでも売ってた。こんな昔からある、ロングセラーなんだ？」

　おそらく父の本だろう。ブックカフェでは開かなかったそれを、私は開いた。ホコリっぽいようなインクが焼けてるような匂《にお》いがした。八ヶ岳で見る野草が図鑑のように写

真と一緒に紹介されている。

「他の草を知るほど簡単になる、か」

伍郎じいちゃんの言葉が浮かんだ。そして、来たばかりだという白い馬が、雑草を鼻でつんつんとやっていたのも思い出した。あの馬も、自分の足元にある草と仲良くするところから始めている。

「まずは知ろうと思うところからだよね」

「ブラックジャックのこと?」

「ううん。草のこと」

私はお姉ちゃんに返した。

ずる休みをしていた小学生のように、なにもなかったような顔をして道の駅の仕事に私は復帰し、お姉ちゃんの体調もわりとよいので、計画していた第二回、雑草料理の夕べをやることになった。

招かれた主賓の隈さんは、自分の身の上を暴《あば》かれる会とは知らずに、約束の時間どおりにピンポンを鳴らし、

「こんばんは、茂花さん、夕花さん」

すっかり親し気な感じで玄関を入ってきた。

「どうぞ『雑草姫』と呼んでください」

と私が悪態をついて迎えると、彼は笑って言った。

「『半年の馬』より、いいのでは？」

「なんで知ってるの。じいちゃんがしゃべったな」

と、その伍郎じいちゃんの姿を探した。見あたらないので、一緒じゃないの？　と聞くと、

「伍郎さん、なんか用事があるみたいで、後から来るって」

と、彼はお土産のワインを私に渡した。おっ、道の駅でも一番人気の赤ワイン。この辺りは葡萄《ぶどう》農家やワイナリーの歴史も古い。フルボディのこのワインを飲むと、子供の頃にぶどう狩りに連れて行ってもらったことを思い出す。そこで飲んだ百パーセントのぶどうジュース「葡萄液」は濃くて、ちょっと渋くて、どこか似ている味なのだ。

「雑草料理にも合いそう」

と、グラスをテーブルに並べていると、砂利を鳴らして車が勢いよく家の前につける音がした。

すぐに伍郎じいちゃんがドカドカと家に入ってきた。

「悪いっ、夕花！」

じいちゃんは、お姉ちゃんに向かって人差し指を立てた。

「お客、もう一人増えても、大丈夫かな？」

「えーっ、またぁ？」

プロの料理長だったお姉ちゃんは、マネジャーに予約人数が増えたと告げられたときと同じような渋い顔になった。私は、

「もう一人って、もしかして、駅長？」

と、開け放されている玄関から外を見た。じいちゃんは、いや、と返した。

「道の駅で話しかけられて、仲良くなった男でね。面白いヤツだから紹介しようと思って。今日も二人で不動産屋をめぐった帰りなんだが、かなりの金持ち――」

と言ってるうちに、その人が玄関口にひょこっと現れた。

「あぁーーーっ！」

その顔を見て私は悲鳴に近い声をあげていた。

「あのアタマにくる、サイテーーーッのオトコーーーーッ!!」

忘れもしない、私に配達をさせて、私に説教をたれ、私を撃沈させた、エセ上腕筋肉ヤローだっ！

「どうも、こんばんは」

彼は私に深々と頭を下げた。

「君に、ちゃんと謝りたくて」

森の鳥のつぶやき ③

ちゅんちゅんちゅん――
スミレは、砂糖漬けにしたりお茶にしたり、
食べることができるお花の一つ。
茂花が元気をもらったスミレは「タチツボスミレ」。
色が鮮やかなスミレを使いたくなるけど、
食用でないものもあるから気をつけて。
お花のお茶は、見てるだけで癒されるよね。
桜の香りにも精神安定の効能があるとか。
桜の花の塩漬けで作る「桜湯」も、
春に作ってみてね、
ちゅんちゅん。

第四話

個人情報晩餐会

　私の悲鳴を聞いてキッチンから出てきたお姉ちゃんは、またも仁王立ちで、玄関にいる男を睨《にら》みつけていた。手にはナイフも持っている……バターナイフだけど。

「もしかして、こいつが例の……茂花を落ち込ませた野郎なの？」

　とお姉ちゃんが言って、伍郎じいちゃんは今さら気づいて驚いてる。

「えっ、こいつなのか？　おまえに悪さをしたヤツは？」

　とヘンなことを言うもんだから、隈さんまで、

「えっ、例のヤツなのかっ⁉」

　お姉ちゃんを守るように前に出てきて、玄関口にいる男を睨みつけて、けん制している。

「ちょ、ちょっと待って、みんな待って！」

　私は出て行って、上腕筋肉とみんなの間に立つと、

「勘違いしないで」

と、誤解を解くことにした。

「頭にくる人だけど、そこまで悪いことしてないから、この人は。道の駅でお買い上げいただいた物をホテルに届けて欲しいと言うから、特別に配達したら、お礼にジェラートをごちそうしてくれたの」

私は、彼をチラッと見た。彼も盛り上がっている肩を極力下げて今日は低姿勢だ。

「で、世間話をしてたら、『移住組は負け組だ』と彼に言われたの。さらに、『半年いて不動産屋も知らないのなら帰った方がいい』『地元の人間だって迷惑だ』と説教されて……。それで頭にきちゃっただけ」

お姉ちゃん、隈さん、伍郎じいちゃんは、何も言わずじっと私を見つめていたが、

「それだけ？」

三人は、ほぼ同時に声を合わせて言った。

「それで、道の駅の仕事を辞めた？」

とお姉ちゃん。

「それで、一週間も寝込んだのか？」

じいちゃんも口を開けてる。私がなにも言えないでいると、見かねたのか隈さんだけが、

「まあ、でも、いきなりそんな酷《ひど》いこと言われたらショック受けるよね」

とフォローを入れてくれた。が、お姉ちゃんは彼に向かって首をかしげた。

「でもその説教、ある意味、全部あたってるし」

だからお姉ちゃんに言いたくなかった。予想どおりの展開だ。

「どーせ、あんたのことだから、彼が一般論で話していたことを、自分の痛いところに自らグサグサと刺して、勝手にダメージ受けて、崩れたんでしょ！」

お姉ちゃんの指摘に、

「その通りです」

と、しょぼんとなってると、

「それは違います！」

と大きな声で、それまで黙ってた上腕筋肉、岩井さんが入ってきた。

「ぼくが彼女に酷いことを言ったのは事実です。説教というか、半ば八つ当たりです。ちょっとぼくも色々あって。たまたま出会った彼女がなんていうか……あまりに、その、無防備なんで、つい」

「考えなしだからでしょ」

と、お姉ちゃんが冷ややかに返して、彼もそれを訂正はしなかった。ヘンにフォローをしないで欲しい。よけいダメージをくらう。

「そう、考えなしなんです」

と、お姉ちゃんは厳しい表情のまま続けた。

「でも、それが妹のいいところなんです。おっちょこちょいなところも含めて」

私は顔をあげて、お姉ちゃんを見た。すると隈さんが、

「ぼくも彼女のそういうところに、助けられたんです。道の駅で熱出してヘタってたら、なんでか声かけられて」

加わってきた。なんか今度は、褒められてる。すると伍郎じいちゃんが笑い出した。

「怒られたり褒められたり大変だな、茂花。ま、雑草も役割があるってことさ。で、どうする？　こいつは？」

じいちゃんは、玄関口に立ったままの招かれざる客を指した。お姉ちゃんは彼を値踏みするように見て言った。

「あなたは……医者じゃないわよね、どう見ても」

「副業でモデルやってらして、かなりのお金持ちみたい」

私が代わりに答えると、お姉ちゃんは一瞬、考えて、

「いいよ、あがって。ちゃんと謝罪するなら。今回だけ」

と言って踵《きびす》を返し、キッチンにもどっていった。これと同じような対応、どこかであったような……。

先日のことを、もういいよというぐらい私に謝罪して、お姉ちゃんにテーブルにつくことを許可された岩井さんは、相変わらず明るくて、すぐその場に馴染《なじ》んだ……ホントに反省してるのかな？

「雑草料理！」

彼は目を大きくして、お姉ちゃんが大皿で出してきた揚げ物、モコモコとしたカワイイ形のフリットを見ている。そして視線をお姉ちゃんに移した。

「もしかして、プロの方ですか？」

さすがお金持ち。山荘に残されていた親の時代の古臭い食器に載せられていても、盛り付け方でわかってしまうみたいだ。

「ええ、まあ」

とお姉ちゃんは言いたくなさそうに返した。

「ぼく食べ歩きが趣味なんで。お店やってらっしゃるんですか？　近くですか？」

答えないお姉ちゃんの代わりに伍郎じいちゃんが自慢げに、

「東京だよ。もう辞めたが、港区の――」

と言いかけると、お姉ちゃんがキッと睨んで、

「そこまでっ。個人情報」

じいちゃんを指さして止めた。

「えっ、どこの店だろ？　こんな超美人の料理人がいたら、絶対覚えてるはずなんだけど」

彼もまた例にもれず、家に入ってきたときからお姉ちゃんから目が離せない様子であったが、素直にそれを言葉にした。

「話題にもなるだろうし、ぼくも通ってるはず」

「小さな店なので」

と、お姉ちゃんはそっけなくかわした。

「あの、それで、これはなんですか？」

隈さんが、空気を和まそうとしたのか、単に料理を早く食べたいのか皿を指して聞いた。

「シロツメクサとキノコのフリットです」

「シロツメクサ……」

「クローバーとも言います」

とお姉ちゃんが言い替えて、隈さんと岩井さんは驚いている。

「クローバーって食べられるんだ？」

と隈さんは、いつものように顔を近づけてまじまじと見る。

「育ち過ぎたものは繊維が硬くなるので、出てきたばかりのまだ小さい葉のところだけを、春のキノコと一緒に揚げました」

お姉ちゃんはシェフ口調で説明した。

「山菜にしろ、天ぷらにしてしまえば、意外となんでも食べられてしまうというところがあります。無難ではありますが、そればかりじゃ芸がないのでフリットにしました。クローバーはやさしい味なので、衣に味があるそちらの方が向いてるかと」

どうぞと勧めて、皆は抵抗することなく箸をのばした。

「へー、これがクローバーの味！」

「ホントだ、驚くほどクセがない」

「これは、いけますね！　この歯ごたえもいいかも」

「悪くない。キノコとも合うな。ワインとも」

好評価にお姉ちゃんは満足げだ。

「ちなみに、クローバーは神経痛や、痛風の痛みもやわらげると言われてるみたい」

「なかなかやるじゃないか、クローバー」

と、伍郎じいちゃんの箸は止まらない。

「雑草なんか食えるか、と言ってたのは誰だっけ？」

と私がつっこむと、

「都会から来た人間にも教わることがあると思ったよ。ほら、そいつに言い返してやれ。

『帰れ』と言った男に」

　と岩井さんを指した。私は彼をチラッと見た。彼は再び、ごめんなさいモードになり、肩を落としている。

「……いいよ。頭にきたけど。言われて気づいたこともあるから」

　彼が物言いたげな顔でこちらを見るので、私はわざと席を立って空いたワインの瓶をキッチンに下げに行った。なんだか、予定とは違うディナーになってしまった。

「ブラックジャックの身元をさぐる会だったのに……」

　とにかく、隈さんにしろ岩井さんにしろ、女だけで暮らしてる家に平気で連れてきちゃう伍郎じいちゃんが一番の問題だ。

「ったく、考えなしなんだから」

　とキッチンでワインの蓋《ふた》を開けながらぶつぶつ言っていると、お姉ちゃんがテーブルで話しているのが聞こえた。

「隈さんも、そちら岩井さんでしたっけ？　あなたも、元はと言えば茂花が声をかけたり、アイスをごちそうになったことが始まりなので、いらしていただくのはいいのですが。とはいえ女二人で暮らしてるので――」

　それを聞いて私は、

「そっか、そもそもは私だった！」

と今さら気づいて自らうなだれた。お姉ちゃんは、続けて話している。

「もう少し、ご自分の身の上を、どういう方かということを教えていただきたいです」

と、隈さんの目を見て、ようやくブラックジャックにそれをせまったようだった。ところが、

「ぼくだって、個人情報です」

なんと隈さんが、そう拒絶して返した。

「えっ？」

とお姉ちゃんは、予想していなかった抵抗にちょっと驚いている。

「夕花さんだって、ご自分のことあまり話さないじゃないですか？」

私はテーブルの空気が怪しいので、新しいワインを持って慌《あわ》ててもどった。

「いや、だって、こっちは話す必要はないですから」

と、お姉ちゃんははっきり隈さんに返した。

「貧血以来、血圧とか心拍とか診てあげてるのに？」

「そ、それとこれとは……」

「ぼくも、お招きいただいて御馳走《ごちそう》になってますが。それとこれとは違います」

二人はじっと見つめあっているが、今や、王子様とお姫様ではない。敵国の首領どうしの睨みあいになっている。どうしよう、と私はワインの瓶を持って左右を見るが、

「じゃ、いいです。知りたくもない」

とお姉ちゃんは吐き捨て、二人ともそっぽを向いて対話断絶だ。お姉ちゃんが元気になるために必要な、新しい彼氏の候補なんだからケンカしないで欲しいんだけど。すると上腕筋肉が、

「ぼくのことだったら、いくらでも話しますけど？　このボディを作ることになった経緯とか」

と、ニッコリ笑顔で入ってきて、

「いいです」

「また今度」

とお姉ちゃんと隈さんに即答された。

困ったな……と思いながら私はワインの瓶を置いて、まだ残っていたフリットに箸をのばした。クローバー……とても慣れ親しんだ草なのに、今まで食べてみようとは一度も思わなかったことが、むしろ不思議。その点動物は、なんでも食べてみようとするのかな？　と、乗馬クラブで雑草を鼻でつんつんやっていた白い馬を思い出した。まずは触れて、馴染んで、仲良くなって、よさそうだったら食べてみる。そういう過程があるのかもしれない。

私は、沈黙しているお姉ちゃんと隈さんを見た。まずは触れて、仲良くなったんだか

ら、いよいよ口を開いてみるときだと思うけれど……。

「二人が、自分のことを話さないのなら」

だったら、まずは私が開いてみるか、と箸を置いた。

「私が話します。自分のことを。個人情報を」

そして景気づけにワインを一口飲んだ。なにから話そうかと考えていると、話せなくなっちゃいそうで、考えずに話すことにした。私の得意技だ。

「好きになっちゃったんです」

考えなかった結果、最初に出た言葉は、それだった。

「社内でも有名なダメ男を、好きになっちゃった。口だけで、なに一つまともにできない男だから、くれぐれも気をつけろと言われてたのに」

岩井さんが小声で伍郎じいちゃんに聞いている。

「なにを話してるんですか？」

「茂花が、ここに逃げてきた経緯だよ」

じいちゃんが教えている。お姉ちゃんと隈さんはちょっと驚いてる表情だが、黙って耳を傾けている。私は続けた。

「私の働く部署に、なかば飛ばされた感じで、彼はやってきて。みんなは用心して、適当にあしらってたけど、私は……顔を見たとたん好きになっちゃった。運命の人だ！

と思ってしまった。毎度そう思うんだけどね」

お姉ちゃんは私を憐《あわ》れむような目で見ている。

「でもホント、悪い人じゃなかった。彼が仕事ができないのも、彼が悪いんじゃなくて会社と彼のやり方が合わないからだと思った。私が間に入れば、うまく彼の能力を引き出せると。両方のためになるって思ったの、生意気に」

でも、と私は声を低くして、目を細めた。

「でもなんか、自分のやることがどんどん増えてきて……寝る暇もなくなってきて、おかしいなって思ったんだけど。彼は私を頼りにしてるし、笑顔で語りかけてくるから、頑張るしかないなって」

私は、残っているワインを飲み干して、さらに声を低くした。

「助けてくれる人は誰もいなくて。しかたないから彼が書けないという企画書を代わりに徹夜して書いて、さすがにちょっと限界だなと思って代官山《だいかんやま》を歩いてたら……」

その先が言えないでいると、

「そいつが、カフェで女とイチャついてた」

お姉ちゃんが代わりに言ってくれた。

「あちゃー。ひどいな、そりゃ」

と岩井さんが言ってるのが聞こえるが、私は遠い視線をさらに遠くへ、夕暮れの八ヶ岳の向こうに投げて続けた。

「そして翌月。彼は、私に一言も、なにも言わず、失踪《しっそう》するかのように退社してしまった……」

「茂花が彼のためにと思って、わかりやすくまとめてあげた業務のハウツーや、内部資料、おまけにクライアントのリストを持って、ライバル社にまんまと転職してたの、そいつ」

お姉ちゃんがまた代わりに言ってくれた。

「私も、会社に居場所がなくなっちゃって。あんたは悪くないって、みんなは言ってくれたけど」

黙って聞いていた隈さんが、初めて口を開いた。

「茂花さん」

そして、不可解極まりないという表情で私に言った。

「よく……ぼくに、声をかけましたよね？　そんな痛い目にあってたら、普通は当分用心して、得体の知れない男には近づかないと思うけど。ショートケーキの御礼も断るよね？」

岩井さんも同意するようにうなずいた。

「そうだよ！　ジェラートの御礼も。ぼくの誘いにも乗っちゃダメだよ！　学ばない人だなぁ」

私はなにも返せず、二人の顔を見たが、ワインの瓶を取って、ジャバジャバとおかわりを注いだ。じいちゃんが瓶を取り上げた。

「やけ酒はよくないぞ」

「いいの。でも、確かに痛い目にあったけど、利用されてたけど、利用していたのは私も同じ」

私は男性陣から目をそらして、

「ダメな彼の面倒を見てあげるということで、自分の存在意義を見いだしてたの」

飲むに飲めないワインを見つめた。こうなったら胸のうちを全《すべ》て吐いてしまおう。

「私は人に乗っからないと、動けないところがあるのかも。ここに来たのも、伍郎じいちゃんに言われてだし。お姉ちゃんを看《み》てあげているってことにかこつけて、結局、自分からはなにもしてない。半年も経《た》ったのに変わろうともしてない……」

言葉にして認めると、つらいけど、どこかすっきりもした。

「人に乗っかって動く、か。コバンザメみたいだな」

伍郎じいちゃんが言うので、

「コバンザメは乗っかるのではなく、サメの下にくっつくけどね」

と私が正すと、じいちゃんが笑った。

「そうだな。上に乗っかるのは普通、オスの方だ」

チーン。

仏壇のおりんかと思ったら、オーブンだった。

「あ、次の料理！　忘れてた」

お姉ちゃんは思い出して、急いでそれを取りに行った。

出てきたのはグラタン料理だった。私の告白と伍郎じいちゃんの下品な会話でどんよりとしてしまった食卓だったが、助かったとばかりに、皆はその料理を笑顔で迎えた。

「レンゲソウと豆腐のグラタン？」

「かわいい！　お花が！」

「これまた、美味《うま》そうだな」

薄くスライスした豆腐に、近くの農場で売ってる搾《しぼ》りたての濃い牛乳で作ったホワイトソースをかけ、さらにチーズとレンゲソウの若葉や若芽をのせて焼いたもので、レンゲソウのピンクの花も生のままトッピングにあしらわれている。大きなグラタン皿に控え目に品よく焼かれているそれは、雑草で作った料理とは思えない。さすがお姉ちゃん。

私はそれを見て、

「レンゲの花は生でも食べられるんだね。実は私、クローバーとレンゲの違いもよくわかってなかったんだけど」

と白状して、食べてしまうのはもったいないピンクの花を見つめた。

「茂花が言うのもわかる。ピンクのクローバー、アカツメクサの花は確かにレンゲの花に似てるから。でもよく見ると全然違うよ。レンゲって最近はあまり見かけなくなったから、なおさらわからないのかも」

実際、レンゲソウを探すのはクローバーよりも苦労した。結局それを見つけてくれたのは、隈さんだった。

「昔は、水田に栄養をためるのに、緑肥ってやつで植えてたんだよ。今は化学肥料を使うからな」

伍郎じいちゃんも花をつまんで見ている。

「ということは栄養がある草なの？」

「そうかもね」

とお姉ちゃんは返した。

岩井さんは、違うところにひっかかってるようだ。

「レンゲと豆腐のマリアージュも驚きですが」

「この盛り付け方、どこかで見たことがあるような……どこの店だったかな」

と必死で思い出そうとしている。お姉ちゃんは無視して、さっさと皆にそれを取り分けた。いただきまーす、と熱々のそれを私たちは口に運んだ。熱いので……ちょっと時間がかかったが、ハフハフしながら私は感想を述べた。

「おいしい！　お豆腐とレンゲソウが、すごく仲良くしてる」

「この豆腐は、『豆の華』だな？」

伍郎じいちゃんはお姉ちゃんに聞いた。『豆の華』は小径沢のとなり町にある福祉施設で作っているお豆腐で、地元の大豆を使っている。私とお姉ちゃんの間では「ソイケーキ」と呼んでいるぐらい重く、豆の味が濃いお豆腐だ。このグラタンは、その豆腐の風味とレンゲソウの若葉の味がどちらも主張しているが、ケンカはしてない。

「似た物どうしなのかもよ。レンゲソウもマメ科だから」

お姉ちゃんの情報に、なるほどと思う。岩井さんも驚いてる表情で絶賛した。

「フリットに続き三ツ星の味ですよ！　このクオリティーの高いベシャメルソースに豆腐とレンゲソウが違和感なく溶け込んでいて、乳製品までもが植物的に感じる」

「そういえば、牧場の近くでレンゲソウを見つけてくれたんだよね？　同じ土壌から生まれたものだからケンカしないのかな。どう、隈さん？　あなたが見つけてくれた雑草だよ」

誰よりも早く箸をつけた隈さんがなにも言わないので、私は彼に聞いた。

「美味《おい》しいです」

ブラックジャックは視線を皿に落としたまま、返した。

「ちょっと、感動してます。……偉いなと思った。どの雑草も、調理されても、なんていうか、自分を隠さない。隠さないで他のものと調和しようとしている」

そして、私をチラッと見た。

「……個人情報だなんて」

と彼は、ふっと笑った。

「隠すほどのことでもないのに」

ちょっと反省しているような顔で彼は言うと、

「茂花さんが、自分のことを話してくれて、そう思いました」

私と同じように彼も箸を置き、ワインを一口飲んだ。

「話します。自分のことを。この草みたいに、ごまかさないで」

そして、お姉ちゃんの方を見た。

「ぼくも、逃げてきた人間です」

隈さんは、ちょっと黙ってから口を開いた。

「ぼくは……東京の病院で医師として働いてましたが、自分の母を、自分の手で殺してしまいました」

道の駅の駐車場で、病院が嫌いだと肯定したときと同じ表情で、彼はそう告白した。

彼を見つめたまま私たちの動きは止まって、食卓は真の沈黙に包まれた。沈黙は長く続き……誰もがそろそろなにか言わないと、と思ったのだろう。

「医療ミスで？」

「安楽死とか？」

「やっぱ、指名手配犯？」

お姉ちゃん、岩井さん、伍郎じいちゃんが続けて返した。まったく、もうちょっと言いようがあるだろう。考えなしなのはこの人たちも同じだ。

「ちょっと、話を聞こうよ。隈さん、それはどういうことですか？」

と私は彼に続きをうながした。

「ありがとう」

と隈さんは、少しだけ表情をやわらげて続けた。

「簡単に言うと、がんを患《わずら》った母を、自分では診ずに、自分より優秀だと思う医師に頼んで、担当医になってもらったんです」

私たちは彼を見つめて話を聞いた。

「結果、その医師が関わっている新しい治療を試すことになって。ぼくは心配だったんですが、やはり母はその治療に疲弊して」

彼は言葉を探していたが、

「あまり効果も出なくて、痛みの中で苦しみながら亡《な》くなっていったんです」

と語った。その表情から、後悔というものが嫌でも伝わってきた。

「もちろん、どんな治療でも同じだったかもしれませんが。なんで自分で診なかったのかと……。手を出さなかった、という行為で、ぼくは母を殺したようなものです」

と彼は自分の手を見た。

「医師だって、大切な家族を病で失うことはある。ぼくと同じような目にあって悔やんでいる人はいくらでもいるでしょう。でも、ぼくのようにいつまでも引きずる医師というのは、たぶん少ない」

そして、また箸をとった。

「みんなつらくても、どこかで気持ちを切る刀を持っている。じゃないと医者なんてやってけないし、患者の為《ため》にもそれが必要です。でも自分は、それができていないことが、親のことで明確になった」

彼は、箸をのばしてグラタン皿に残っていた豆腐のかけらを器用に、大切なもののようにそっとつまんだ。

「治療の途中で病院から連れだせばよかった。たとえ助からなくても、もっと母に向いてる幸せな死に方があったと……」

取り皿にそれを置くと見つめた。

「後悔は尽きなくて。下手すると医療にまで疑問を持ちかねない、そんな精神状態で、患者さんを診ていることも、医師として問題に思えてきて。長期休暇をとったんです」

私は車の中でぼろぼろになっていた隈さんを思い出していた。彼はため息をついた。

「職場から離れて、日にちが経てば経つほど、自分が向いてないことやってたなと、つくづく思う」

そして私を見て笑った。

「ダメ押しで、茂花さんに風邪だと診断され、伍郎さんにウドでそれを治されて、面白いぐらいにそれがはっきりした」

と笑って、彼は自分のスマホを指した。

「先日、辞めると職場に伝えました。誰も驚かなかったと思うけど」

彼は、椅子《いす》の背にもたれて、さらに大きく息をついた。

「なんか話したら、すっきりしたな。大したことじゃないのに。なんで早く話さなかったんだろう」

お姉ちゃんは、彼のことをじっと見ている。

「以上が、ぼくの個人情報です」

と隈さんは、お姉ちゃんに小さく頭を下げた。

「わかりました。あなたのことがよく」

お姉ちゃんは、うなずいて返した。

「作り話とは思えないですし。どうぞ、これからも遊びに来てください」

そして空になったグラタン皿をキッチンに下げに行った。お姉ちゃんとしては、最大のいたわりの言葉だと思う。隈さんとお姉ちゃん、仲直りしてくれそうでホッとした。

「つらいお話を、させちゃったですね」

私が言うと、隈さんは、

「お互いさま」

と微笑《ほほえ》んだ。隈さんの優しい顔を見ていると、胸がきゅんとなる……。いけない、いけない、雑草の私は、お日様を見るとすぐに首をのばしてしまうから、気をつけなきゃ。

すると、ほろ酔いかげんの伍郎じいちゃんが言った。

「こんなに男前で、おまけに医者だっていうからさ。天は二物を与えとるぞ？　と思ったが。話を聞いて、むしろ親しみがわいたよ。気持ちを切る刀なんて、そんなもんはいらん。捨てちまえ」

たまにはいいことを言うじゃん、と思ったが、じいちゃんは真顔で付け加えた。

「これからはその顔、一本で勝負しろ。ほっといても女が食わせてくれる。それで食ってたおれが指南してやろう」

すると岩井さんまでが笑顔でのりだしてきて、

「よかったらモデルの仕事、紹介しましょうか？　あなたならウエルカムですよ」

と言って、隈さんも、なんか照れてる……。

「いい話はもう終わったな」

と私は呟《つぶや》いて、お姉ちゃんを手伝いにキッチンに行った。

「地《じ》鶏《どり》のソテー、夏みかんのソース。ペンペン草のリゾットを添えて」

お姉ちゃんが本日のメイン料理を紹介して、その一皿にまたテーブルがパッと明るくなった。

「ペンペン草！」

刻んだペンペン草を混ぜこんだ緑色のリゾットは、円形に固めてから、鶏肉と同様にこんがりとソテーされている。

「ペンペン草の別名はナズナ、七草がゆにもするのでリゾットにしてみました。ソースに使っている夏みかんは、伍郎じいちゃんの庭で穫《と》れたもの」

お馴染みのペンペン草の白い花も、リゾットの上にちょこんとのっている。ピンクのレンゲよりもずっと地味だが、よく知ってる花だけに愛らしい。

「ペンペン草も薬効があって、解《げ》熱《ねつ》作用や眼精疲労に効果があるみたい」

春らしい一品を、私たちは目を輝かせて見ていたが、岩井さんが、

「わかった、『オーディネル』だ！」

いきなり大きな声をあげて料理を指した。

「これ、『オーディネル』の裏メニュー、焼きおにぎり風リゾットとそっくり！」

お姉ちゃんの表情が固まるのがわかった。

「いやぁ、懐《なつ》かしい！　最近食べに行ってないから」

と、岩井さんは料理をまじまじと見ていたが、不思議そうにお姉ちゃんに視線をやった。

「小さな店なんかじゃないですよ。名店じゃないですか。あの店で働いてらしたんですか？　これ作れるってことは、前の料理長の下で働いてたってことですよね？」

彼は私たちに説明するように話した。

「前の料理長は謎《なぞ》多き人物というか、変わり者で。絶対に厨房《ちゅうぼう》から出てこないから、ぼくたち常連客も一度も見たことがなくて」

岩井さんはお姉ちゃんに聞いた。

「料理長はお元気ですか？　独立して自分の店を開くと聞いてたんで、楽しみにしてたんですけど。なんでも奥さんが亡くなられたショックで体調不良になって、引退なさったとか。それから『オーディネル』も味がイマイチになっちゃって、ぼくも足が遠のいちゃって」

お姉ちゃんは観念したように口を開いた。

「岩井勝太《しょうた》さま。ご予約はいつも第四木曜か土曜の七時。Cコースでメインはお勧め。追加で冬でも冷製トマトスープ」

「えっ！　そうです、それぼくです、よく覚えてますね――」

と言いかけて、岩井さんはハッとして、さらに口を大きく開けた。

「もしかして、あなたが、料理長ぉ!?」

お姉ちゃんは彼の方を向くと、

「私もお顔は存じ上げなかったから気づきませんでした。常連の岩井様だったとは」

丁寧に頭を下げた。

「いつもご利用いただきありがとうございました。いちいち冷製スープ作るのは面倒でしたけど」

岩井さんは、はぁ、とお姉ちゃんに頭を下げて返した。そしてテーブルの上の料理を見た。

「美味いわけだよ。そっか……料理長、女性だったんだ」

「まだまだオトコの世界ですから。大きな店ですし、自分は出ていかない方がいいかなと」

岩井さんは、なるほどと納得してうなずいたが、

「奥様を亡くされた、というのは本当なんですか？」

と普通に聞いた。お姉ちゃんはその質問にまた固まったが、返した。

「いちお、相手は男です。亡くしたのは旦那《だんな》というか、婚約者です」

あ、そっか、と岩井さんもけっこう天然だ。

「体調を壊されたのも本当なんですか？」

と聞かれて、お姉ちゃんは黙ってそれを肯定した。そして思い出したかのように、皆に地鶏のソテーとペンペン草のリゾットを取り分けた。

「これは神様が、私にも、話せって言ってるのかな……」

お姉ちゃんは、隈さんの方をちらっと見た。

「個人情報を」

そして料理が行き渡ると、水を飲んでいたグラスを空けて、ワインを自分に注いだ。

「大丈夫なの？」

病んでからお酒は避けていたので聞くと、お姉ちゃんは微笑んだ。

「ちょっとだけ。さすがに、しらふじゃ話せない」

そして一口飲んで、ああ、美味しい、と息をついた。そして、意を決したように口を開いた。

「隈さんと、同じ。……彼を、殺しちゃった」

皆は、料理に手をつけることなくお姉ちゃんを見ている。

「私も婚約者の彼を、殺しました。でも、罪状で言ったら隈さんより、もっと重い罪」

また沈黙が漂った。今度は、つっこむ人もいなかった。もちろん私は、徹也さんの突然死を、お姉ちゃんが自分の責任だと思っていることは知っている。二人で店を出すことばかりに気がいっていて、彼が体調を崩してることや、無理して働いていることに気づかなかった自分を、ずっと責め続けている。隈さんと同じく、それこそ悔やんでも悔やみきれないのだろう。

けれど、彼女から出た次の言葉は、これまで聞いたことがなかったものだった。

「なぜかというと、私は彼のことを裏切ったから」

私の顔は曇った。

「裏切った？」

違和感のある言葉に私が困惑していると、

「あなたにも、このことは話してないから」

お姉ちゃんはうなずき、ワイングラスを見つめた。

「自分たちの店をオープンするときに、結婚しようって、前から二人で決めてた。……けど、いざそのときになって、私は『結婚の話は、なしにしましょう』と彼に言ったの。それから間もなく、徹也は亡くなってしまった」

今知った事実に、私は衝撃を受けていた。

「それって、婚約を、解消したってこと？」

お姉ちゃんから、まさかそんなことを言うなんて。

「そんなこと言われたら、徹也さん」

思わず言ってしまった。お姉ちゃんはうなずいた。

「持病もあって体調崩してたところに、さらに大きなストレスが加わったのは確かだと思う」

私は確かめるように医師である隈さんを見た。彼はその見解を否定することなく、お姉ちゃんを憐れむように見ている。

「でも……なんで。学生時代から、将来を誓った仲なのに？」

「色々と考えた、結果だったの」

私の問いに、お姉ちゃんは自分は間違ってないという強い表情で言った。

「私は、ようやっと独立して営む新しい店を、自分の店を……ただ、いい店にしたかったの」

けれど、その目は潤《うる》んでいた。お姉ちゃんは瞬《まばた》きをせずにこらえていたが、限界に達した涙はポロポロッ、と頬をつたってこぼれ落ちた。お姉ちゃんはそれを認めたくないかのように、ぬぐうこともしなかった。

「徹也と結婚したら、どこかホッとして、自分が彼に店をまかせてしまうんじゃないかと、恐《こわ》かった。今までは、お互い違う店で働くライバルだった。その緊張感を、失いたくなかった。ひとつの店に二人の料理長が張り合う感じでいる、そんな店を、開きたかったの」

「それは……ちゃんと、徹也さんに伝わってたの？」

「『わかった』って、彼は言ってくれた。でも」

　と、お姉ちゃんは首をよこにふった。

「彼としては、やはり自分が料理長で、私がそれをサポートする形でやりたかったんだと思う。結婚すれば子供産んだりするわけで、自然とそういう形になると。それが彼の夢だったんだもの。結局自分の城は作れないんだと、がっかりしたんだと思う」

　とお姉ちゃんはようやく涙を拭《ふ》いた。

「……そう、か」

としか言えず、私は手をつけられないでいるペンペン草のリゾットを見つめた。お姉ちゃんの病み方がここまで酷い理由が、ようやくわかったような気がした。すると、

「あの……詳しいことを知らないぼくが言うのもなんですが。男から言わせてもらえば」

　岩井さんが遠慮がちに声を出した。どうもこの人は、悪びれずに誰かれかまわず意見をふっかけてくる。

「その亡くなった彼は、あなたが、他の男を好きになったかもしれないと思ったんじゃないかな？」

お姉ちゃんは眉間《みけん》にしわを寄せ、意味を解していない顔をして返した。けれど代わりに伍郎じいちゃんが、それに同意した。

「それはあるな。万一、ショックを受けていたとするなら、むしろそっちを疑ったかもしれない」

「私、浮気なんかしてないよ？」

お姉ちゃんは怒った表情で言って、伍郎じいちゃんは、わかってるよ、とあきれたように返している。

「美人にかぎって自覚がないんだよね。頭にくるよね？」

と岩井さんは私に言った。同意を求められる私の心中は複雑だが、うなずいてしまった。

「まあ、両方だな」

伍郎じいちゃんは、やさしい口調で言った。

「男なら、そりゃ自分が店をしきりたかっただろうし。おまえが結婚しないと言ったことで、将来に不安も感じたろう」

お姉ちゃんの顔はまた暗くなった。けれど、じいちゃんは微笑んだまま続けた。

「だが、そのぐらいのショックで、徹也くんが死んだとは、希望を失ったとはおれは思わんよ。夕花のことを誰よりもわかっていた男だ。おまえのそんな我儘《わがまま》ぐらい、笑って受け止めるか、聞き流すかできるはずさ」

その言葉にお姉ちゃんは、顔をあげた。

「どうだ？」

と伍郎じいちゃんは、男二人に意見を仰いだ。

「伍郎さんの言うとおりだと思います」

と岩井さんは言ったが、隈さんはなにか考えている。それには答えずに、お姉ちゃんの方を見た。

「夕花さんは、まだ嘘《うそ》をついてる」

隈さんは、皿の上のペンペン草の花を指した。

「本当のことを言ってみたら？　雑草のように、ありのままの自分で」

「え……」

とお姉ちゃんは隈さんを見た。彼は、痛みの有る無しを患者に問う医師のように、淡々と語りかけた。

「ぼくが代わりに言いましょうか。緊張感がどうの店がどうのと言ってますけど、単に彼と結婚したくなかったんじゃないですか？」

彼は、お姉ちゃんの心を診るように見つめた。

「違いますか？」

お姉ちゃんは目を見開いて、言葉も発せないでいる。

「……それは」

ようやく微《かす》かに聞こえる声を発したが、子供にもどったかのように見える表情は、隈さんの指摘が正しいことを嫌でも表している。それを見ていて、私が苦しくなってきた。というか……それはお姉ちゃんだけの問題では、なくなっていた。

「あの！　それには、私が、答えます」

黙っていられず私は手を挙げた。隈さんとお姉ちゃんが驚いたようにこちらを見た。

「もうこうなったら、雑草、引っこ抜いて、根本まで見せちゃいます！」

私は常に、自分の根本にある、言葉にしてない不安のようなものを、この場で思い切って言葉にしてみた。

「確かに、隈さんが言うとおりだと思います。だって、うちは親が離婚しているから」

この山荘を建てた父と母の姿を、私は暖炉の前に見ていた。

「結婚は……別れの始まりだって、思ってるんです。どこかで」

家族そろって仲良くこの山荘に来ても、それは簡単に崩壊した。永遠ではないと身をもって知っている、お姉ちゃんと私。

「私たちも、人を愛したい、と思ってる」

だから、誰でもいいから、無性に愛したくなる。愛を信じたくなる。

「でも、お姉ちゃんも、いざそのときになって恐くなったんだと思う」

私の発言に、なにか返す人はいなかった。伍郎じいちゃんも黙っている。再びテーブルは静寂に包まれた。都会とは違って、隣から聞こえてくるような生活音や雑音は一つとしてなく、木々に囲まれた小さな家の中は、とても静かだった。

抹茶よりも深い緑のアイスクリーム。グラスに盛られ、鮮やかなカーマインレッドのソースが添えられている。

「よもぎなんだ？」

「野イチゴのソースと一緒に」

とお姉ちゃんは味を見ながら、もう一味、ナッツとか入れてもよかったかも、と呟いた。もうシェフの顔にもどっている。

「和風というよりは、アジアンな感じ。おいしい」

と、私は口に運ぶスプーンが止まらない。隈さんも、うなっている。

「いやぁ、これもクセになる味だな」

「よもぎも雑草といえば雑草だよね」

子供の頃、土手に摘みに行ったことを思い出す。

「よもぎは、傷口にあてると血が止まるんだ」

と伍郎じいちゃん。男性陣も両刀らしく、みんな喜んでアイスクリームとコーヒーを楽しんでる。

「自分で作ったものじゃないけど、コーヒーはタンポポコーヒーです」

私は教えた。岩井さんは、大きく息をついて感動している。

「ラッキーだったな、ぼく。こんな料理、東京でも食べられないですよ。レンゲソウのグラタンも、ペンペン草の焼きリゾットも、新感覚で美味かった。木下シェフ、今日の料理、どれも素晴らしかったです」

お姉ちゃんは、よかったです、と小さく会釈《えしゃく》を返した。そして、

「隈さん」

と、もう一人の男の方を向いた。彼に真意を言い当てられてしまってから、まともに言葉が出なかったお姉ちゃん。けれど、デザートのアイスクリームをキッチンに用意しに行って、もどってきたときには、どこか表情が変わっていた。

「さっき、あなたが言ったこと。その診断は、おそらく当たってます」

お姉ちゃんは、ため息をついた。

「どうしようもなく、胸が痛いけど、認めます。そう、結婚したくなかった……いや、

できなかったんです」

　そして褐色のタンポポコーヒーを一口飲んで、カップをソーサーに置いた。

「ようやく自分が、なんの病か、わかったような気持ち。隈さんと同じ。言葉にしたら……ちょっとすっきりした」

　でも、とお姉ちゃんは隈さんに断言した。

「彼をがっかりさせたのは確かだし、私の後悔が消えることはない。たぶん一生。だから、この傷は治らないと思う」

　隈さんは、うなずいて返した。

「ええ。治らないし、治せないです。ぼくも」

　二人は、まるで同士というように、見つめあっている。そんなこと言わないで、とは言えなかった。二人とも、亡くなった人を愛していたからこそ、その傷は深い。治したいけど、治せない。治すことを許せないのだ。

「困ったもんだな」

　と、伍郎じいちゃんも、ため息をつく。森の中にいるような香りがするアイスクリームを口に運びながら私は——自分がその口火を切ってしまっただけに——このままで、この雑草ディナーを終わらせられないという気持ちだった。

　罪を抱いて、傷を負って、私たちは逃げてきた。

どうすることもできない、治せないものだけど、それと向き合うところまでは、ようやく来れた。それはよかったと思う。じゃあ、次は？　逃げているだけで終わらせないためには？　ここを「逃げ場所」じゃなくするためには？

岩井さんが、また明るいトーンで沈黙を破った。

「あの、ぼくも、ちょっとお話ししたいことがあって」

筋肉のついた腕で挙手したが、

「もういいです」

「今日は終わり」

「勝ち組の話はつまんない」

「おまえは胸にしまっとけ」

と、お腹《なか》いっぱいの皆にそれを拒否られて、えーっ！　と彼は不服そうだ。それは放っておいて、私は引き続き思いをはせた。次にするべきことは？　やっぱ、不動産屋を知るところから？　と緑のアイスクリームを見つめていると、

——草を知る。まずそこからだよ。

ふと、駅長の言葉がよみがえった。スプーンを置いて私は、

「八ヶ岳人参《にんじん》！」

誰にともなく言っていた。

「もし、それを見つけることができれば」

と、岩井さんを見た。

「自分はこの土地に選ばれた、と言えるかも」

そして、お姉ちゃんを見た。

「ファンタジーかもしれないけど、それが見つかれば、お姉ちゃんの病気も治るかもしれない。心の傷も」

こちらを見ている隈さんに、私は言った。

「隈さんの傷も。みんなが元気になるかもしれない。私は……落ち着いた美人になれるかも」

私の冗談に隈さんは笑わず、真面目《まじめ》な顔で返した。

「八ヶ岳人参か」

「本当に、あるのかな」

お姉ちゃんまで、笑わずに呟いた。

「なんですか？　それ？」

岩井さんが聞いて、伍郎じいちゃんが教えた。

「幻の薬草と言われている天然のオタネ人参、高麗《こうらい》人参だよ。もし見つけたら家が一軒買える」

岩井さんの目の色が変わった。

「天然ものの高麗人参！　それはヤバいな」

私は厳しい口調で彼に注意した。

「ビジネスじゃないから。それがあるとしたら奇跡なの。あるようでないような希望を探すというか」

「あるようでないような希望」

隈さんは私の言葉をくり返した。そして、なにかを決意したようにうなずいた。

「ぼくも、それを探します。茂花さんと一緒に」

私はちょっと驚いて彼を見た。

「それが本当に、心まで治せるものなのか」

と勝負に賭《か》けるかのように隈さんは言った。

「ウドより、オタネ人参より、もっと人を癒《いや》す力があるのか、知りたい。人を治すということはどういうことかを、その原点を、秘密を、それに教えてもらいたい……」

馬鹿にせず、同じように思ってくれる人がいて私は嬉《うれ》しくなってきた。そう、と私は自分に言っていた。

「逃げてきたんじゃなくて、それを探しに来た、希望を探しに来たって言えるもの！」

それで、と隈さんは伍郎じいちゃんにさっそく聞いた。

「どこを探せばいいと思いますか？」

「それがわかったら、見つけとるよ」

と駅長と同じことを言われているが、私は彼に教えた。

「まずは、八ヶ岳人参じゃないものを知る。そこからだよ」

私は立ち上がると本棚へと行った。そして『八ヶ岳野草大百科』を取り出して、そこにある徹也さんの写真をじっと見つめた。

「茂花？」

と、お姉ちゃんが気づいたので、私は笑顔で返した。

「徹也さんに宣言してたの。お姉ちゃんを、私が八ヶ岳人参で治してみせるからって。安心してねって」

お姉ちゃんは、今度はそれを断りはしなかった。

「徹也さん。お姉ちゃんは、そっちに行かないからね。そっちでいい人を見つけて」

と私が言ってると、

「それって、お父さんの写真じゃないんですか？　その方が、亡くなった徹也さん？」

隈さんが、今さら驚いたような顔で聞いた。

「そうよ？」

とお姉ちゃんが返して、岩井さんも、その写真を見てなにか言いたげな顔をしている。

「なんで？」

とお姉ちゃんは理解してないが、伍郎じいちゃんが空気を読んで、男二人に向かって、大切なことを伝えた。

「わかったろ二人とも。この女、夕花をものにしたかったら……もっと食わんとダメだ。いわゆる、ナニ専ってやつだ。少なくとも体重が百は超えてないと萌《も》えない女――」

「うるさいよ、じいさん」

お姉ちゃんが怒って遮った。

「あっ、そう……」

と、隈さんは口を半開きのまま、徹也さんの写真を見ていたが、医師の視点で小さく呟いているのを私は聞き逃さなかった。

「婚約破棄のショックより……他のリスクが高すぎる」

写真の中の徹也さんは笑っているが、ちょっとそれが苦笑いにも見える私だった。

森の鳥のつぶやき ④

ちゅんちゅんちゅん――
売ってる野菜は食べやすく改良されているけど、
ワイルドな雑草は、そこまで親切じゃないからね。
ぼくたち鳥や虫のように、
やわらかくておいしそうなところだけを食べよう。
出てきたばかりの若葉や、
お花が咲く直前の先っぽだけとかね。
クローバーはかるい毒性があるから、
生食、多食はダメだよ。
ちょっとだけいただこうね、
ちゅんちゅん。

第五話

森の声

　はぁ、はぁ……はっ……は……。

「や、八ヶ岳、人参《にんじん》……やーい」

　私は山道を、昔話に出てくる老婆《ろうば》のように、よろけながら登っていたが、膝《ひざ》に手をついて休んだ。

「ちょっと、休憩」

「さっき……休憩……した、ばかり……だよ」

　と、後ろから追ってきた隈さんも、私に負けずに息を切らしてる。

「お医者さんって……なんか、もっとタフな、イメージがあるんだけど？」

　ペットボトルの水を渡すと、彼は受け取って、首をよこにふった。

「だから、医者向きじゃないんだって。ボランティアで野営には慣れてるけど」

「そのわりには、風邪ひいてたし」

　彼はなにも返せないでいる。あの告白で、イケメンで医師というパーフェクトな印象を自ら崩してしまった彼だけれど、伍郎じいちゃんが言うように親しみがわいたぶん、つっこみやすくもなった。お姉ちゃんもブラックジャックとは、もう呼ばない。「隈」と呼び捨てだ。

「でも、茂花さん、山登りに来たわけじゃないから。もうちょっとまわりを観察しないと」

隈、が言った。

「わかってます。でも、じいちゃんの言うとおり、小さい山にしといて正解」

伍郎じいちゃんに、八ヶ岳人参を探しに山へ行く！　と鼻息荒く宣言したら、

「そこにある天女山《てんにょさん》ぐらいにしとけ。公園みたいなもんだ。遭難しても犬の散歩にきてる人間が助けてくれる」

と言われた。馬鹿にしてるなと思ったが、とはいえ八ヶ岳の端にあるれっきとした山で、これでも充分きつかった。

「ぼくはこの山、好きだな。名前もいい。でも八ヶ岳人参は、高いところに生えてるとは限らないですよ。山菜も意外と民家の裏にあったりするから」

「イメージ的に山に生えてそうだから、登ってみたかっただけ」

私は返した。薬用植物園で見たオタネ人参を思い出せば、明るいところではなく木々に囲まれている鬱蒼《うっそう》とした場所にあるように思われるが、

「探す場所がありすぎて、途方に暮れる」

「ま、気長に探しましょう。ぼくは仕事も探さないといけないし」

と、隈さんは歩き出して、しかたなく私もついていった。

「こっちでお仕事探すの？」

「道の駅で働こうかな。温泉の清掃員を募集してたな」

「えっ、本気？」

と私が驚いていると、本気ですよと言いながら隈さんはわざと道をはずれて獣道を入っていった。そう返されてしまうと、なにも言えず、私は彼の後ろを、足元の草を見ながら進んだ。

「しかし、この山、笹《ささ》しか生えてないよね」

私だって登山口からずっと植物を観察しているが、地面を覆《おお》っているのは笹、笹、笹だらけ。枯れてるか新しい葉か、それしかこの山には生えてないように見える。

「薬用植物園みたいに色々な草が生えてると思って。他の草のことも勉強しようと『八ヶ岳野草大百科』も持ってきたのに」

リュックに入っているが出す気もしないそれを指した。

「さすがにパンダじゃないから笹は食べれないしな」

「自然というものは、そう都合よくはできてないんですよ」

本当に、自然は人間の想像を超えていて、毎度驚かせてくれる。

「そう考えると、逆に予想を裏切って、こんなところに八ヶ岳人参がヒョコッと生えてたりして」

と思った私は、急に真面目《まじめ》になって笹の葉の間に目を配り始めた。

「おっ！」

すぐに私は、あるものに反応して、そこにしゃがんだ。

「なにかありました？」

ふりかえった隈さんに、私はうなずいて、地面に咲いている五弁の花びらの黄色い花を指さした。

「これたぶん、ヘビイチゴの花です」

へー、と彼も小さな花を見た。

「お花は、やっぱり見つけやすいな」

「花なら、あそこにもありますよ」

と彼が指したところには、鮮やかな紫色のツツジが咲いている。

「あ、あれは、ミツバツツジ。きれい」

隈さんは笑顔で私を見た。

「けっこう知ってるじゃないですか」

「お花だけは、なんとなく」

「まずは、そこからでいいんじゃないですか？」

言われれば、花や植物なんて、勉強して覚えるものではないのかもしれない。まずは触れ合うところからだったと反省していると、笹しかない山にも色々なものが見えてきた。

「あっ、ペンペン草もあった。今晩のおかずに摘んでいこう」

「ペンペン草なら、こっちにもいっぱいありますよ」

隈さんはさらに林の奥に分け入っていく。

「いや、隈さんは人参を探して……」

この人も私に負けず、目の前のことに流されるタイプだなと思っていると、くるっと彼はまたこちらを向いた。

「この前のコバンザメの話なんですけど」

「は、はい？」

なにを言われるのか、ドキッとして私は返した。

「今、山を登りながら、なんとなく考えてたんですけど……。あれって、サメの方が大きいからコバンザメがくっついてると思われてしまうけど、もしかしたらサメがコバンザメにくっついている可能性だってあるかもしれませんよね」

彼は私を見て、真剣に語った。

「こればかりはサメとコバンザメになってみなきゃ、ホントのところはわからない。ペアごとに違うかもしれないし。こうやって自然の中を歩いてると、役割って、そんなに簡単なことじゃないと思えてくる。山が笹を育ててるのか、笹が山を守ってるのか」

私は彼の顔をじっと見ていた。この人は自分で言うように、医師としてはダメだったかもしれない。でも、いつも彼は違うところからものを見て、いい診断をくだす。

「大切なのは、二匹で仲良く泳いでるってことですよね」

と私が言うと彼はうなずいた。そして思い出したように、

「探すのはペンペン草じゃなかった」

と、草の中をこちらに引き返してきた。が、ピタッと足を止めた。

「あっ！」

隈さんは、ある方向を見て大きな声をあげた。そちらを見たまま固まっている。

「えっ、もしかして！」

と、私はびっくりして急いでそこに行った。

「すごい、ここから見る……八ヶ岳」

暗い林の中から彼が指す方向を見ると、眩《まぶ》しいぐらいに芽吹く枝の葉越しに、八ヶ岳が透けて見えている。

「……きれい」

感動して私と隈さんは、青にも緑にも見える輝く山を見つめていた。

「人参じゃないけど……すごいもの、見つけた」

私の言葉に、隈さんは黙ってうなずいた。なんだろう。道の駅からいつも見ている山なのに。

「違って見える。……私が、変わったのかも」

見ている山が、私の足元からずっと続いているものだと実感していた。

「私……ここに来て、よかったって思ってる」

「ぼくもです」

「ここの土に、私も受け入れてもらいたい。温暖化で下から逃げてきた雑草みたいに」

「土は、ぼくらを受け入れてくれるだろうか……」

私たちはしばらく、とりつかれたように山を眺めていた。

「茂花さん」

隈さんが山から視線を私にやった。

「実はお話ししておきたいことが」

改まってなんだろう？　また個人情報？　と思ったとき、私のスマホが鳴った。

「低い山だから、電波も届くんだ」

と笑って見ると、お姉ちゃんからだ。

「具合でも悪いのかな？」

隈さんにうながされて出ると、お姉ちゃんが深刻な声で、

「茂花、すぐ帰ってきてくれる？」

いきなり言った。どうしたの？　と返そうとしたとき、

「茂花なの？　どこにいるの？」

と、よーく知った声が聞こえた。

「お母さん？」

お姉ちゃんは、困ったような声で告げた。

「突然、来たのよ。この山荘を、売りに出すって言うの」

「ええーっ!?」

と私があげた声は、ええーっ、ええーっ……と、天女山にこだましたのだった。

ペンペン草を手に慌《あわ》てて帰ってくると、お母さんが腕組みをして居間のソファーに座っていた。

「どこ行ってたの？」

「山」

お姉ちゃんと同じく、歳《とし》をとっても目鼻立ちが美しいお母さんは、ため息で返した。間隔を空けて、となりにお姉ちゃんが座っている。

「連絡くれたら、駅まで迎えに行ったのに」

と、私は笑顔で歓迎を示した。

「したわよ。私がしたときは電波が通じなかった」

お母さんは笑わず、私が手に持っているものを指した。

「なに、それは？」

「ペンペン草。雑草だけど、美味《おい》しいんだよ」

お母さんは、眉間《みけん》にしわをよせた。私は慌てて続けた。

「ウドとか、普通に美味しいものもあるんだけど。私たちは今は雑草にハマってて新感覚。おまけにタダ。物価高だから助かる」

言えば言うほど、お母さんの表情が険しくなってくる。

「あなたたちがここを使うって言ったとき、私は季節のいい時期に療養に使うぐらいだと思ってたのよ」

まさか借りてた東京の部屋まで引き払ってるとは思わなかった、とお母さんは首をよこにふって、

「永住だなんて……」

と、山荘を改めて見まわした。私はお姉ちゃんに聞いた。

「言ってなかったっけ？」

「私は言ってない。そんなこと言ったら、絶対反対されると思ったから」

お母さんはあきれているが、私を見た。

「なにを考えてるの？　だいたい茂花は、転職はどうなったの？」

「こっちで働いてる」

「こっちの会社？」

「道の駅で、レジ打ちと品出し」

「スーパーのバイトじゃない！」

そう言われると思って、お母さんには黙っていたのだ。

「こんな山ん中に会社があったら、やってるのは狸《たぬき》か狐《きつね》だよ」

と口応《くちごた》えすると、その話し方、ここに昔から住んでる誰かさんに似てきたわね、と睨《にら》まれた。

「でもこっちに来たことで、お姉ちゃん、ずいぶん体調良くなったんだよ。久しぶりにキッチンに立って料理作って、お客さんを呼べるぐらい」

私はお姉ちゃんを見た。お母さんは不安げに聞いた。

「夕花、そうなの？　東京の病院には行ってないみたいじゃない。本当に良くなってるの？」

お姉ちゃんは無言だ。

「私は心配してるの。あなたたちの父親も……早死にしたんだから。だからこうやって来たのよ」

言われてお姉ちゃんは口を開いた。

「調子がいいときもあるし、悪いときも、正直ある。でも私は、今の状態でいいと思ってる。茂花のことは私も心配だから、元気があるときは彼女のためにできることはするけど。自分は、治らなくてもいいと思ってる。別にここで死んでもいい。草木と同じように枯れて散っても」

きっぱりと言うお姉ちゃんに、お母さんの表情がさらに深刻になった。そんなこと言ったら、逆効果だよ、と私は頭に手をやった。

「この山荘は売ります」

お母さんは膝に両手を置いて言い放った。

「ほらぁ！」

「ほら、じゃない。お姉ちゃんはすぐにでも私のマンションに連れていきます。茂花はとにかく東京で再就職先を探しなさい」

えっ！　と私が驚いてると、

「ここにいる意味が、あなたにとってあるの？」

お母さんが私に聞いた。

「意味……」

「あなたは、すごく父親に似てる。この山荘も……夫婦や家族だけで過ごす場所として建てたの、最初は。東京の家ではすれ違うことが多かったから。こういうところを作れば話もできると思って」

と、ため息を吐《つ》いた。

「でも、結局、お父さんの逃げ場所になっただけ。東京で面倒なことが起こると、ここに逃げちゃうの。もうダメだと思って離婚したわ」

お母さんは、私を見て忠告した。

「逃げないで帰ってらっしゃい。場当たりで動いてても、解決にはならないんだから――」

「意味、あります！　ここにいる、意味！」

一歩前に出て、私はお母さんに返していた。

「私、生まれて初めて、自分の思いから、やりたいことができたの、ここで」

「……なにを？」

「八ヶ岳人参を、探すの」

お母さんの美しい目が、しばらく瞬《まばた》きを忘れた。そして、思い出したかのようにそれがパチパチと、くり返された。今度はお姉ちゃんが、そんなこと言ったら逆効果だよ、という顔で天井を仰いでいる。

「なに？　それは」

「八ヶ岳人参、それはね――」

と私が説明しようとすると、お母さんは遮って、

「もういい。とにかく、ここは売ります。この山荘は呪《のろ》われてるとしか思えない。ろくなことが起きない」

と言うと、ソファーから立ち上がった。お姉ちゃんは素朴な疑問という感じで、

「じゃ、なんで今まで売らなかったの？」

と、お母さんを見上げて聞いた。

「そもそもなんでお母さんが持ってるの？　お父さんの逃げ場なら、あげたらよかったのに」

「……お父さんがくれるって言ったのよ。子供たちがいつか使うかもしれないから、って」

お母さんが打ち明けて、私とお姉ちゃんは黙った。

「喜一《きいち》くんは、おれにもそう言ったよ」

　その声にふりむくと、伍郎じいちゃんが、いつの間にか玄関から入ってきていた。

「だから、いつ子供たちが来てもいいように、この山小屋をたまに見といてくれないか、ってね」

「おじちゃん」

　とお母さんは、驚いてじいちゃんを見た。

「ちっとも、変わらないわね」

「二十代からじいちゃん顔と言われた男」

　と、なにが自慢なのかわからないが、じいちゃんは不敵な笑みを浮かべた。お母さんはすぐにいつもの口調でたたみかけた。

「親子して逃げ場に使ったってことね。だからもう片付けます。おじちゃん、この辺りにある信用できる不動産屋を紹介して」

「そりゃ難しいな。この辺りで不動産屋やってるのは狸か狐だから」

　と伍郎じいちゃんは笑って、私も思わず笑ってしまった。お母さんは怒りをこちらに向けた。

「茂花っ、どこか知ってるでしょ、不動産屋を教えなさい」

　また不動産屋か。

「わかんない。たぶん駅前に一軒あったと思うけど」

と返すと、お母さんはびっくりしている。

「半年もいるのに不動産屋のひとつも知らないの？　あなたいったいなにやってたの？」

デジャヴだ。お母さんは、私がテーブルに置いたペンペン草を指した。

「あなたは元気なのに半年間なにをやってたの？　雑草を摘んでただけ？　バイトしてただけ？」

「べつに……逃げてきた、だけだから」

と素直に返すと、お母さんは全身から力を失って、ソファーに崩れた。

「……ああ。誰に似たんだろ。喜一もここまでじゃなかった」

自分の娘に絶望しているが、私は慌ててさっきの話をくり返した。

「だから！　半年たって、ようやく目標を見つけたんだって。八ヶ岳人参を見つけるという」

貧血気味なのか額に手をやってるお母さんは、お姉ちゃんに手首の脈を診てもらいながら聞いた。

「だから、なんなの……その八ヶ岳人参って」

「心の傷も治すと言われてる、天然のオタネ人参。幻の人参で、ファンタジーかもしれないけど、この土地に選ばれればきっと見つか――」

お母さんは、もう限界、という感じで遮った。

「ここ、売ります。明日にでも」

そしてお姉ちゃんにも言った。

「妹のことも考えて、東京に帰ってきなさい」

お姉ちゃんは、お母さんの腕を持ったまま黙っていた。

「あいつは子供の頃から、言い出したらきかないからなぁ」

ズズッと、伍郎じいちゃんは蕎麦《そば》をすった。そのとなりで、蕎麦にワサビを付けてる隈さんは、私に聞いた。

「お母さん本気なんですか？　売られちゃったらどうするの？」

「隈さんみたいに、道の駅で暮らそうかな」

私は冗談半分、本気半分で言いながら、氷で洗ったかのように冷たい蕎麦を、つゆにつけた。

「二人でおれの家に、くりゃいい」

と伍郎じいちゃんは言ってくれたが、じいちゃんの家は昔ながらの日本家屋で、暮らすのは寒そうだなと思う。

「家のこともあるけど、一番の心配は、お姉ちゃんの意思がゆらいじゃってること」

お姉ちゃんは、あれから黙ったきりで、ずっとベッドで寝ている。お母さんは山荘に泊まるのも嫌そうで、日帰りで東京に帰っていった。せめてお蕎麦ぐらい食べて帰ったら？　と誘ったけれど、

「『あずさの中でお弁当食べる』だってさ。ったく、そんなにここが嫌いか」

　私が話すと、伍郎じいちゃんは、

「『元気甲斐《かい》福《ふく》』が食いたかったんだろ」

　ハハッと笑った。それは小径沢駅名物の二段重ねの豪華駅弁で、私たちの母だけに、あるかもしれない。どちらにしろ断られて頭にきたので、翌日、私は伍郎じいちゃんと隈さんを誘って、「三分《さんぶ》一湧水《いちゆうすい》」にお蕎麦を食べに来た。

　名前のとおり湧《わ》き水が出ている場所で、八ヶ岳の地下から湧くその水は、名水百選にも選ばれている。その昔、この水の取り合いで、始終争っている三つの村があったそうだ。そこで武田信玄が三角の石を湧口に置いて公平に流すことを思いついて、湧き水を三方向に分岐させたとか。取り合いになるのもわかるぐらい、この山からの恵みの水で打って茹《ゆ》でて、洗ったお蕎麦は、めちゃくちゃおいしい。

　そういう歴史も、おいしいものもある場所だと、ようやく気づいた頃に、帰らなきゃいけなくなるなんて。

「本当に心から、ここにいたいなと思うようになったのに……」

私はお蕎麦屋さんの窓から木立を見つめた。ただの「木」ではなく、カラマツ、アカマツ、シラカバと、最近は自然と名前が出てくる。

「ここにいる理由が、八ヶ岳人参を探すためだけじゃ、弱いのはわかってるんだけど」

それを聞いて隈さんも自分のことのように考えている。

「まあね。希望なんてものを探すために、いい大人が大した仕事もせずふらふらしてたら」

「結局、逃げてる、にしか見えないよね……」

私と隈さんは黙り込んで、伍郎じいちゃんがズズッと蕎麦をすする音だけがする。

「実は今朝、電話があって」

と隈さんが言葉を発した。

「東京で病院を経営してる友人から、復帰しないかとオファーがあったんです。その友人は、ぼくの性格や辞めた経緯もよくわかっていて。その上で、もどって来い、と。医者を辞めるなと、切々と説教されちゃって」

「えっ、帰るんですか？」

と私が驚いて聞くと、彼は黙ってしまった。隈さんですら、そういうオファーがあれば揺れるんだなと、いや、隈さんだからこそ揺れてしまうのだろう。医師の資格を持っている人が、温泉で働くなんて、それこそ現実にはないファンタジーに思えてくる。

伍郎じいちゃんは黙って聞いていたが、蕎麦湯をとぽとぽとつゆに注いで一口飲むと、言った。

「選択肢は二つだ。このままいるか、それとも、帰るか」

私と隈さんは、ざるの上で伸びてきている蕎麦を見つめた。

「このままいるか」

「帰るか」


一人で考えたいからと、私は三分一湧水に残って、辺りをふらふら歩いて見てまわっていた。湧き水が出ているところは名所となって今は公園のように整備されているが、こういう場所にこそ雑草はあるし、もしかしたら、八ヶ岳人参も……。

「きれい。お蕎麦が美味しいわけだ」

若葉が燃えるように茂る木立の中を、輝いて流れている透明な水。私は顔を近づけてそれを見た。話にあるとおり、現在もこんこんと湧き続ける水は、四角い分水枡《ます》から、信玄が置いた三角石柱によって分けられて、三方向に伸びている細い水路へと流れていく。私は分水枡のよこに立ち、音をたてて水が流れていく三方向を順に見た。

まずは右を見て、

「このままいるか」

そして左を見て、

「帰るか」

そして、真ん中の水路を見た。

「もうひとつ……ある？」

山の下へと流れていく湧水を見つめながら、自分に問いかけた。

──すると、ふわっと、あるイメージが私の中から湧き出てきた。

私は片手に握っている、今摘み取ったばかりの雑草を見た。

「これだ」

うなずくと、逆の手でスマホを出して、検索をかけた。

「この辺りの……不動産屋と」

そして、一番最初に出てきた不動産屋のサイトを開いた。そこで紹介している売り出し中の物件を流し見していた私は、窓の多い洒落《しゃれ》た別荘の写真のところで手を止めた。

「たぶんこれだ。じいちゃんが言ってたやつ。……いいかも」

よしっ、とうなずいて、私はカラマツ林の中にもどった。もっと雑草を採らなきゃ！

「牛ステーキ、ハルジオンのバターソースとフレンチフライを添えて……です」

前菜に続き、本日のメイン料理を載せた皿を各々《おのおの》にサーブすると、私は招いたお客様たちをぐるりと見た。

　と言っても、いつものメンバー、伍郎じいちゃん、隈さん、そして岩井さんだ。しかし、料理を提供するのがお姉ちゃんではなく……この私なので、皆は前菜のタンポポのサラダとヨモギのニョッキから、ちょっと不安げな顔をしていた。そりゃ、お姉ちゃんの仕事には遠く及ばないけれど、彼女指導のもとに頑張って作ったので、見た目はともかく美味しそうな匂《にお》いの料理に、彼らは食欲を失うことなく、箸《はし》をすすめている。

「おまけに、なんだか仰々しいな。いつもは大皿料理なのに」

　と言うじいちゃんに私はうやうやしく返した。

「今日のディナーは私の企画で、レストラン形式で皆さんをお招きしようと思ったの。雑草姫のレストランってことで」

　じいちゃんはピンとこない顔をしているが、それをやるのは夕花だろう、とでも言いたげに、お姉ちゃんが寝ているロフトをチラッと見上げた。一方、大皿だろうがレストラン形式だろうが、料理しか見ていないと思われる隈さんは、こんがり焼かれたステーキにかかっている緑のソースを指して聞いた。

「ハルジオンって、どっかで聞いたことがあるような……どんな雑草でしたっけ？」

　私は即答した。

「別名、ビンボウ草。岩井さんをのぞけば、メンバーにふさわしい料理かと」

皆は複雑な表情で、その料理を見た。

「言われれば、それだ。雑草の中の雑草ですね」

飾りに添えてあるピンクがかったお馴染《なじ》みの花を見て、さすがの隈さんもいまいち食指が動かないようだが、私は説明した。

「繁殖力がありすぎて、場所を選ばないで生えるからそういう名前になっちゃったみたい。でも、ちゃんと薬効もあって、お茶にして飲むと浮腫《むく》みとかに効くみたいだよ」

伍郎じいちゃんは、印象よりもステーキの匂いに負けたようで、

「貧乏でけっこう。うまいかどうかだ」

と、お肉を切り始めた。雑草なんか食えるかと以前は言ってたのが嘘《うそ》のようだが、緑のソースをまとったステーキをパクッ、と食べた。

「おおっ！　ふきのとうみたいな香りだ。驚いたな、うまいぞ、ビンボー！」

それを見て隈さんも、ビンボウ草の花を恐る恐る口に入れた。が、驚きの表情を見せた。

「ピリッとして、美味《うま》い！　えっ、ぜんぜん貧乏な味じゃない」

岩井さんもゆっくり味わってから、笑顔で親指を立てた。

「茂花さんも、やればできるじゃない」

私は、よしっ！　と内心でうなずいた。第三の選択肢に向けた、いい風向きだ。

「ご馳走《ちそう》になった雑草料理すべてに言えることだけど、この媚《こ》びない味が、ぼくたちに元気をくれますね」

　と岩井さんは上腕筋肉をもりあげて叩《たた》いた。ますますいいぞ、と私は手応えを感じていた。今日は彼に「あること」を頼むために、このような形でディナーに招いて料理をふるまっているのだ。

「でも、この山荘、売られてしまうかもしれないと、伍郎さんに聞きましたが？」

　岩井さんの方から聞いてきた。隈さんも心配しているような顔で、ロフトを見上げた。

私もそちらをチラッと見たが、

「ここを売ると言ってる母は、私たちのことを心配しているだけに、本気です。でも、私も姉も、東京に帰る気はありません」

　と宣言した。そして岩井さんに向き合った。

「そこで、岩井さんに、お願いがあるんです」

「えっ？　おれに？」

　彼は意表をつかれた顔をしている。

「あの時あなたに、帰った方がいいと言われたからこそ、半年の馬だった私は少し成長できたと思ってます」

「半年の馬？」

「自分がなんでここにいるか、わからなかったってことです。でも、今は違います。ここに来てよかったと思ってる。この土地に生えている草のことをもっと知りたい。不動産屋は、べつにいいけど」

　彼は真剣な顔で聞いてくれている。

「だから、とりあえずこのままいるんじゃなくて、ずっといられるようにしたいんです。それで……思いついたんです！」

　私が身を乗り出して言うと、伍郎じいちゃんまでが前のめりになって聞いた。

「なにを？」

　私はテーブルの料理を指して言った。

「『雑草レストラン』を、開こうって！」

　男三人は、私を見た。

「雑草」

「レストラン」

「を、開く」

　私はうなずいて、ハンターが獲物に狙《ねら》いを定めるように、岩井さんに全神経を集中して説明した。

「岩井さん、ここ小径沢にお店を出しませんか？　売ろうとなさっている別荘を改装して、レストランにするんです。色々とビジネスやってらっしゃるなら、その一つとして、『雑草料理を出すレストラン』をオープンするというのはどうでしょうか？　姉が考えた料理は、きっと話題になると思います」

　私はロフトを見上げて言った。

「体調がいいときは、姉も厨房《ちゅうぼう》に立てると思いますし。できないときは私がやります。彼女の元で修業して」

　岩井さんは予想もしてなかったお願いごとに驚いていたが、

「あの別荘で、レストランをやる？」

　確かめるように聞いた。私はうなずいた。

「拝見しました。とても素敵な建物で、いいレストランになると思うんです。すっごく勝手な提案ですけど……自分たちだけで、それを始めるお金も場所もないので。ご興味を、持ってもらえないかと思って」

　それが、私にとって第三の選択肢として思い浮かんだものだった。

「東京の名店にも負けない、この土地ならではの料理店にして、絶対成功させます。後悔はさせません」

　一世一代の私のプレゼンは終わった。岩井さんは、食べかけのステーキを見ていた。

やっぱり私の料理じゃ、イメージできないかな……。

「レストランのオーナーか」

と彼は呟《つぶや》いた。おっ、イメージしてくれている？

「いや、ありだと、思いますよ」

と岩井さんは、私を見た。

「ありですか？」

と私が笑顔で返したそのとき、

「茂花っ！　そんな話、聞いてないよっ！」

ロフトから、お姉ちゃんの声がした。

「私に……相談もなく！　そんなことを……」

お姉ちゃんは部屋着のまま、髪をふりみだして下の階にやってきた。

「なんか、企《たくら》んでると……思ったら」

と、こちらを睨みつけ、右左によろけながらダイニングに入ってきた。隈さんが駆け寄り、大丈夫ですか、と支えたが、その手をふりはらってお姉ちゃんは、

「私は、店なんか、やらないからね！」

私に怒鳴った。けっこう元気じゃん。私は言い返した。

「徹也さんは、きっとそれをやって欲しいと思ってる！　だってそれが夢だったんだから」

「あ、あんたに、わかったようなこと言われたくない！」

「結局、一人で店をやる勇気がないんだよ、お姉ちゃんは」

「なんですって？　やりたくたって、病気だから！」

「心が病んでるんじゃなくて、頭が固いんだよ！」

と私は自分の額《ひたい》を指した。お姉ちゃんは怒りに言葉をのんだが、返した。

「コバンザメ！　今度はその男にひっつくのか、金を持ってるから？」

私もカッと頭に血がのぼった。

「そういう簡単なことじゃないもん！　彼にも利益があればいいじゃない！　ビジネスなんだから！」

「偉そうに。どうせ、雑草摘んでて思いついただけでしょ！」

「うっ」

と言葉に詰まる。また私、場当たりな発想で突っ走ってるのかな……と、ちょっと自信がなくなってきた。私は岩井さんの方を向いて八つ当たりするように聞いた。

「ど、どうなんですか!?」

姉妹のケンカを、ぽかんと彼は見ていたが、

「あの……雑草レストランは、正直面白いと、ビジネスとしてもありだと思いますが」

「ほら！」

と私が鬼の首を取ったように言うと、

「でも」

と、彼は微笑《ほほえ》んだ。

「ぼく実は、一文無しなんです」

岩井さんは、ビンボウ草のステーキを指した。

「これと同じ」

「えっ？」

と私は自分の耳を疑った。

「この前のディナーで話そうとしたんだけど。聞いてくれなかったから」

彼は、助けを求めるように伍郎じいちゃんを見た。

「おれは最近、不動産屋をまわってるときに聞いてね」

と、じいちゃんも気の毒そうに話した。

「メインでやってた会社が倒産して、負債を抱えちまったらしい。おまえらより、金持ってないかもしれないぞ」

私は目を大きくして岩井さんを見た。

「……ホ、ホント、なんですか？」

岩井さんは、うなずいた。

「会社が潰《つぶ》れることがほぼ決定して、他のビジネスにもなんだかんだ影響出るし。あの別荘も、抵当に入る前に売りに来たんだよ。開き直って、残ってる金で豪勢にやってやれ、と思ってたときに君に会って。腹いせでからんじゃったわけ」

　だからのあの説教だったのかと、納得した。

「さすがに今、新しいビジネスをやるのは無理だな。別荘も売らないわけにはいかないんだ。ゴメンね」

　と、彼は変わらない明るさで言った。

「もうちょっと早ければ、やってたのになぁ」

　と無邪気に言うが、彼とビジネスをやらないでよかったとどこかで思っている私だった。お姉ちゃんもその話を聞いて、怒りモードが治まってしまったようだった。岩井さんに、

「それは……お気の毒でしたね」

　と、お悔やみを告げている。

「岩井さんの会社にはご贔屓《ひいき》にしてもらっていたから」

　そして私の方に、また目線がきた。

「茂花が、店をやると言うなんて……」

「その場の思いつきで、ごめんなさい」

と先に言って謝ると、お姉ちゃんはもう怒りはしなかったが、

「驚いたよ」

テーブルの上の、私が焼いたステーキを見つめた。

「雑草レストランか……」

と言ったのは隈さんだ。

「いいですね、雑草レストラン。八ヶ岳人参と同じく、ファンタジー、妄想かもしれないけど」

隈さんは整った顔で、最盛期の緑を窓から見やった。

「でも人は皆、妄想の中で生きてる。ぼくは、八ヶ岳人参を信じたい」

そして、皿に残っているビンボウ草の花に目を移した。

「傷ついて逃げてきた人間だから、負け犬だから、貧乏だから、幸せがどこかにあると、誰よりも妄想して生きている」

彼は皆を、そして私を見て言った。

「八ヶ岳人参と一緒に、雑草レストランも探しましょう。茂花さん」

私は、彼を見つめ返して、この人に声をかけたことだけは間違ってなかったと、心から思った。

第三の選択肢も、八ヶ岳人参と同じく幻となった。けれど、私もお姉ちゃんも、思いっきりケンカをしたからか、どこかスッキリしていた。数日後、

「私、一度、東京に帰る」

と、お姉ちゃんから言ってきた。

「真面目に自分の病気を治療してるところを見せて、お母さんを安心させて、それで説得する。この家を売らないよう」

そして天窓を見上げた。

「お父さんが、逃げ場として残してくれた家だから」

私は、うなずいて了解した。

「わかった。私は、八ヶ岳人参を探す。ここで」

まかせた、とお姉ちゃんは笑った。行かないで、と本当は言いたかったけど……。コバンザメを卒業するためにも、ここで一人で頑張ろうと思った。

「見つけたら、売ってお金にして、店開くから」

「すぐ知らせてね、見つけたら」

とお姉ちゃんは笑って、荷造りを始めた。

翌週、お母さんがお姉ちゃんを車で迎えに来ることになり、いよいよ東京に帰るその日、私はわざと朝から道の駅の仕事を入れた。

「いってきます」

といつもと同じようにお姉ちゃんに言って、

「いってらっしゃい」

と送り出されて、ふりかえらずに家を出た。

地元産コーナーで、伍郎じいちゃんと一緒に山菜にシールを貼《は》りながら、私は呟いた。

「なんとなく……もう、帰って来ないような気もする。お姉ちゃん」

「そうだな。元気になればいいけどな」

私と同様、じいちゃんの顔にも朝から笑みはない。

「東京で、病気はよくなるんだろうか……」

と、ウドの袋を見つめていると、だんだん心配になってきた。そうだよ……元気になるために、ここに来たんじゃない。私の手が止まっているので、

「どうした？」

じいちゃんが聞いた。

「やっぱり……お姉ちゃんを一人で帰らすわけにはいかない」

私はシールをまだ貼ってない山菜のカゴをじいちゃんに押しつけた。また場当たりに動いてるのかもしれないけど、そんなことはどうでもいい。

「ゴメン、後やっといて！」

と、私はエプロンも取ってじいちゃんに投げると、家にもどろうと踵《きびす》を返した。が、そこに駅長がいた。

「お姉さん、帰ってしまうんですか？」

ＡＩ口調で問われて、私は立ち止まった。

「あなたは、帰らないの？」

私はムッとして返した。

「辞めて欲しけりゃ、今日にでも辞めますけど！　駅前の不動産屋に転職したっていいんだからっ」

駅長は無表情のまま続けた。

「そんなこと言ってない。お姉さんだって、本当は東京にもどりたくないんでしょ？」

私は無言で、うなずいた。

「あの時も、帰りたくないって言って、帰っていったから」

「あの時？」

私は駅長の顔をじっと見た。

「せっかく、ここに帰ってきたのに……」

と、らしくない口調で物思いに駅長は言うと、私に聞いた。

「お姉さんは、今どこ？」

「まだ、家にいると」

ちょっと出かけてくるから店を見てて、と駅長は私に言って、ロボット歩きで駐車場に向かって歩き出した。私はそれを追っかけながら聞いた。

「どこに行くんですか？」

「あなたの山荘」

駅長は業務報告のように言って、さらに驚く私は、

「じゃ一緒に行きます！　じいちゃん、店、見といて！」

と駅長と一緒に、店の軽バンに乗り込んだ。笑顔で手をふるじいちゃんに見送られながら……でも、なんで来たこともないのに、うちの山荘の場所を知ってるんだろう？　と駅長の横顔を見て思うのだった。

ちゅんちゅん、ちゅちゅちゅん――。鳥たちが、おしゃべりしているのが聞こえる。

さわさわ、さわわ――。風が、葉っぱをゆらして通っていくのがわかる。

私と駅長は、お姉ちゃんを探して、山荘のうらにある森を歩いている。またまた予想もしていなかったことが起きている……。

駅長と一緒に山荘にもどると、お母さんがお姉ちゃんの荷物を車に積んでいるところだった。

「あら、茂花。仕事じゃなかったの？」

と驚いてるお母さんに、私は聞いた。

「お姉ちゃんはどこ？」

「なんか、草を採ってから行くって。そっちに行ったわ。その方は誰？」

と問うお母さんが見えないかのように駅長はそのままロボット歩きで森へと向かって、私は、

「上司でーす」

とだけ紹介して、自分も駅長を追っかけて森に入ったのだった。

しかしそこは、タンポポを探しに来たときより勢いを増して成長している草や枝が、膝を超えるぐらい伸びていて、慣れている駅長について進むのも大変だ。私は立ち止まって、

「お姉ちゃん！」

大きな声で呼びかけた。ちゅんちゅん、さわわの音に耳を傾けていると、

「茂花？」

と声がして、そちらを見ると、神隠しから解かれたかのように、ふっと木の陰からお姉ちゃんが現れた。

「いた！　よかった、消えちゃったかと思った」

お姉ちゃんは逆に私を見て驚いている。

「茂花、どうしたの？　仕事は？」

そしてすぐに駅長に気づき、

「……誰？」

と野生動物を見つけたかのように静かに聞いた。

駅長は、まさに鹿《しか》か狐のように、お姉ちゃんのことをじっと見つめていたが、いつもと同じ、抑揚のない調子で言った。

「『いつでも、帰って来い』と」

「二十五年前、そう言いました。木の陰から」

その言葉に、お姉ちゃんの美しい目が大きく見開かれた。

「……森の、声？」

お姉ちゃんは信じられないという表情だ。

「駅長が……！」

全《すべ》てが私の中でも合致して、驚きに口を開けた。私たちのリアクションにかまわず駅長は、お姉ちゃんを見たまま続けた。

「でも、今回は、そうは言いません」

お姉ちゃんに向かって、彼は穏やかに言葉を発した。

「いつでも、逃げてこい、と」

森の声の正体——駅長は言った。

「東京に帰ってもいい。でも、またいつでも、逃げてこい。そう言っておきます」

お姉ちゃんは、瞬《まばた》きもせず、新たな言葉に目を潤《うる》ませている。

「それだけです」

駅長は仕事は済んだという感じで踵を返した。

「えっ、ちょっと待って！」

お姉ちゃんは、ロボット歩きでもどっていく駅長を追っかけた。

「待って、森の声！」

「待って、駅長！」

私も慌てて駅長を呼び止めた。

「えっ！　彼が、駅長なの？」

お姉ちゃんはまた驚いてるが、去っていく駅長に呼びかけた。

「待って、駅長！　森の声が、あなたの声が、ずっと私を支えてくれてた！」

彼は足を止めた。

「つらいことがあっても、私には帰るとこがあるって。だから、誰よりも頑張れた」

駅長は、ふりかえってお姉ちゃんを見た。

「でも、今回はさすがにつらかった。だから、森の声に言われたとおり、ここに帰ってきたの」

お姉ちゃんは笑顔で駅長を見つめて、

「ありがとう」

と、彼に一礼した。

「ここがなかったら、どうなってたかわからない。私も、茂花も」

私も笑顔でうなずいた。

「……二人は、忘れてるかもしれないけれど」

と駅長は、お姉ちゃん、私、と順に視線をやった。

「一度だけ一緒に遊んだことがあります、ここで。とても楽しかったから、また二人が来てないかなと、ときどき見に来てたんです。そしたらお父さんが一人でいて、夕花と茂花をよろしくって、頼まれたんです。声をかけてやって欲しいって。だから」

私は笑顔のまま、涙がこぼれていることに気づいた。

「ありがとう」

そしてお礼を言っていた、駅長に……お父さんに。お姉ちゃんも泣いてるのだろう。空を仰いでる。私たちの上を、森の中を、さわさわ、さわわと風が通っていくのがわか

——。

「以上です」

と業務連絡な駅長の声がそこに入った。

「店にもどります。茂花さんも、急いで。伍郎さんにまかせとくのは恐《こわ》い」

そして、ザクザクと草を踏んで駅長は森を出て行った。えっ、あっ、もうちょっと、余韻を楽しみたいんだけど……。お姉ちゃんも、目が点になっていたが、私がぽかんとしているのを見て、うながした。

「ほら茂花、行かないと。森の声、駅長と一緒に」

「でも……」

「大丈夫。言われたとおり」

お姉ちゃんは、とても元気そうに笑った。

「また、逃げてくるから」

森の鳥のつぶやき 5

ちゅんちゅんちゅん——
タンポポとハルジオンの食べ方をご紹介。
どちらも生えてきたばかりのやわらかい葉っぱを摘んでね。
生の葉をたっぷりのお湯で三分ほど茹でたら、水にとる。
アクが強いから何度か水を替えて、
半日ぐらい水につけておくと食べやすくなるよ。
そのままおひたしで食べてもいいし、
刻むかペースト状にしたものに、
オリーブオイルを加えれば、ジェノベーゼ風ソースに。
クッキー生地に混ぜて焼いても、おいしいよ、
ちゅんちゅん。

エピローグ

大学生の頃、久しぶりに山荘を訪れたのは、スキーをしにこの地に来たからだった。東京からも近く、人工雪だけれど気軽に楽しめるスキー場がいくつかあるので、今もシーズンはスキー客で賑《にぎ》わうそうだ。

しかし、夏のスキー場となると……近くにでも住んでなければ、わざわざ来ることもないだろう。

「夏もリフトって動いてるんだね。知らなかった」

山の斜面に沿って上がっていくペアリフトに乗っている私は、雪のないスキー場——ただの原っぱ、を高いところから見下ろした。雪がないぶん足の下も高く感じる。そこそこ恐《こわ》いアトラクションだ。

「地元では知る人ぞ知る、おすすめスポットみたいですよ」

隣には、リフトで上に行ってみましょう、と誘ってきた隈さんが乗っているが、彼は下ではなく行く先、山のてっぺんを見上げている。

「一番上でリフトを降りて少し歩くと、展望台があるそうです。そこから八ヶ岳と南アルプスが見渡せて絶景らしい」

引き続き八ヶ岳人参《にんじん》を探して山を歩きまわっている私たちだが、二人とも流されやすいので、気づくとこのように主旨が変わっていることも多い。絶景は見たいから、ま、いっか。

「八ヶ岳人参も、あるかもしれませんよ」

と隈さん。そっちが後になってるし。お姉ちゃんが東京に帰ったと聞いたら、隈さんはショックで復活できないんじゃないかなと思ったけれど。意外と元気そうで、ホッとした。

「茂花さん、元気出して。夕花さんは必ずもどってきますよ。ぼくにも、そうメッセージを送ってきました」

と、向こうから言われてしまった。

「私は元気です。リフトがゆれて恐いだけです」

と返した。彼は笑顔で告げた。

「ぼくは、ここに残ります。こちら方面にある私立病院の勤務医の仕事を紹介してもらえそうなんです。隣の県になるけど、車ですぐだから」

私はちょっと黙って、

「温泉の清掃員のファンタジーも消えたか」

と呟《つぶや》いた。予想してなかった私の反応に隈さんは、

「そっちの方が、よかったのかな？」

と戸惑うように聞いた。

「いや、そういうことじゃなくて。ファンタジーがどんどん現実になっていくな、って」

リフトの動きはゆっくりで、てっぺんまでは、まだかかりそうだ。

「子供の頃の話なんだけど」

私は隈さんに語り始めた。

「山荘のうらの森で、お姉ちゃんが声を聞いたの。森の声を——」

リズミカルなリフトの揺れに身をまかせながら、彼は、じっと耳を傾けてくれていた。

森の声に再会した話を語り終えると、隈さんは、雑草料理を見たときのような表情になっていた。

「森の声というファンタジーの正体が……あの駅長！　驚きの事実だけど、どこか納得もできる」

そして愉快そうに笑った。

「不思議な場所だ」

道の駅のカフェで彼が同じことを言ったのを思い出した。

「でも、それっていい傾向じゃないかな。八ヶ岳人参もファンタジーじゃなくなる。本当に見つけられるかもしれない」

そう言う彼は、私のことをじっと見つめている。私は久しぶりに自分の顔が熱くなっていくのを感じた。必死でそれを抑えようと、そっぽを向いて、

「あの、えっと……そうだ！　この前、天女山で、なにか話があるって言ってましたよね、あの話はなんだったんですか？」

話を変えた。隈さんは、ああ、と返して、

「後から話します。展望台に行ったら」

「そ、そうですか、なんか暑いな、リフトの上って。太陽に近いからかな」

私は極力彼の顔を見ないよう、下を向いた。そのとき、下の草むらに、赤いものがあるのが目に入った。

「あっ！」

「どうしました？」

「あれ、赤い実が！」

私はリフトから身を乗り出して、自分の下を過ぎていく赤い実をつけたその草を目で追った。

「うそっ！　いや、マジでそうかも！」

「茂花さん、危ない！」

私は、下の草地に腕をのばしてそれを指さした。

「そうだっ！　絶対、あれっ！　八ヶ岳――」

――人参だっ！　と言った瞬間、私はリフトから落下していた。

「茂花さんっ！」

私は草地に落ちて、斜面を転がった。

「痛ーっ！」

すると、私を追うように隈さんも、リフトから飛び降りてきた！　が、彼はスタッと膝《ひざ》をついて忍者のように地面に着地。

「すごい、隈さん」

地面に転がったままの私が言うと、

「いや、この高さだから」

と彼は、頭のすぐ上を行くリフトを指した。降り場はもう数メートル先で、かなり地面に近くなっていたのだ。

「茂花さん、大丈夫ですか？」

「そ、それより、八ヶ岳人参」

私は、したたか打ったお尻《しり》をさすりながら、赤い実をつけた草があった方を見た。見間違いでなく、それはあった。

「これは……」

私と隈さんは、その草をじっと見つめた。

「落っこち損でしたね」

下りのリフトに二人で乗ると、隈さんは、私を憐《あわ》れむように言った。見つけたのは八ヶ岳人参ではなく、違う草だった。念のため写真を撮って伍郎じいちゃんのスマホに送って見てもらうと、ゴゼンタチバナかな、と笑ってた。がっかり……。おまけに私は、

「捻挫《ねんざ》までして、大損だよ」

隈さんの肩を借りて、というか半ば引きずられて、落ちた場所からどうにかリフト乗り場までたどりついた。展望台で山を眺めるどころの話じゃなくなって、速やかに下りのリフトに乗せてもらった。

「絶対、八ヶ岳人参だと思ったんだけど」

「こればっかりは、ファンタジーのままなのかな」

と隈さんも苦笑しているが、

「でも、ここからの眺めも、悪くないですね」

と、自分たちの目の前に広がっている景色を指した。上りのリフトは山の斜面しか見えなかったけれど、下りのリフトからは、山の下に広がる風景が望めた。山の麓《ふもと》にある町が、私たちが暮らしてる場所が、気持ちよいぐらい見渡せる。

「私が……逃げてきたところ」

山の谷間の豊かな緑の中に見え隠れしている屋根、畑、牧場、ホテル、それらをつないでいる道……。道の駅も、たぶんあの辺り。自然と人間の暮らしが可愛《かわい》らしいモザイクを作っている。

「……なんてきれい」

隈さんが、カフェで言っていた言葉をまた思い出して、私は言った。

「ずっと、いようかなここに」

隈さんは微笑《ほほえ》んで私を見ている。

「展望台で、言おうと思ったんですが、ここで言います」

私は彼の方を向いた。隈さんは、ちょっと間をとってから口を開いた。

「茂花さん。結婚を前提に、ぼくとつきあってみませんか？」

彼がなにを言ってるのか、一瞬わからなかった。

「……すみません、もう一度？」

「結婚を前提に、ぼくとつきあって、くれませんか？」

今度こそ、全身の血が顔面に集中した。そして顔から全身へと、逆流していく。暑いなんてもんじゃない。私がなにも言わないので隈さんは続けた。

「ぼくは、徹也さんみたいにショック死しませんから。つきあってみて、やっぱり結婚はダメ、となったら破棄してくれてもかまいません。逃げてもいい。でも、トラウマを克服するためにも、夕花さんのためにも、チャレンジしてみませんか？」

私は苺《いちご》のように、八ヶ岳人参の実のように、真っ赤になって聞いた。

「なんで……お姉ちゃんじゃなくて、私、なんですか？」

隈さんは、驚いたような顔をした。

「それは、好きだから」

「好き……」

「最初に会ったときから。道の駅にいてもいい、と言ってくれたときから」

ウドで、土地の恵みで復活したイケメンは、きらきらした笑顔で言った。

「雑草姫が、『病院嫌いなの？』って笑いかけてくれたときから」

もう少しで、またリフトから私は落下するところだった。

ピッ、ピッ、ピッと、レジに入っている私は、バーコードリーダーで値段を読んでいる。お客様は年配の女性。栗《くり》かぼちゃ、マイタケ、リーキ、秋なす、そしてお土産だろうか、道の駅オリジナルのハーブティーを、五袋まとめてお買い上げだ。

「このハーブティー、蜂蜜《はちみつ》とレモンを入れていただくと、すごくおいしいですよ」

と私は笑顔で教えた。

「あら、そうなの？　やってみよう！」

と向こうも笑顔で返してきて、嬉《うれ》しくなる。

「使ってるローズマリーもタイムもセージも、近くの畑で穫《と》れたものですから」

「へー。色々と入ってるのね」

と、彼女は改めて袋を見る。ちょっと前までは、私もただ「ハーブティー」と言っていたけれど、今はそれにどんな草が入っているか、土から生えているときはどんな葉っぱをしていて、どんな花を咲かせるか知るようになった。すると不思議と、こうやってレジ作業中でもお客様と言葉を交わす余裕みたいなものまで生まれてきた。

「ありがとうございました！　お気をつけて」

笑顔で帰っていく彼女を送り出して、次の人のカゴを受け取る。

「いらっしゃいませ」

と見れば、ワイン三本と地酒、チーズに地元産の珍味……ん？　このラインナップ、どこかで見たようなと顔を上げると、

「ごぶさたしてます」

「岩井さん！」

私は、予告なしに来た彼をびっくりして見た。彼は変わらない無邪気な笑顔で報告した。

「例の別荘が、ようやく売れたんで。祝杯をと思って」

「あっ……そうなんですか」

と私がちょっと複雑な気持ちで返すと、彼は、

「休憩時間に、ちょっとつきあってもらえませんか？」

と言う。今日は駅長が休みなので、うーん、となっていると、

「ちょっとだけ。ワインは自分で持つから」

と言うので、私は最近入ってきた若いバイトの人に、一人でも大丈夫かを確認して、了解した。

急《せ》かされるように岩井さんの車に乗せられて行った先は、例の売れたという彼の別荘だった。

「なんでここに？」

私を連れてきた理由がわからないでいると、

「これから引き渡しなんです。ここを買ってくれた人が来るんです」

岩井さんは上機嫌で、私と一緒に車から降りた。うちの山荘からもそう遠くはない場所だけれど、広めの区画に区切られた、高級な造りの山荘や住宅が並ぶエリアだ。心なしかまわりの木立も整然としていて、いい場所だなと改めて観察すると、すぐそこには沢があって、その辺りはさすがに鬱蒼《うつそう》としている。デザイナーが設計したという、モダンだけどシンプルな造りの岩井さんの別荘は、沢を見下ろす感じで建っていて、大きな窓があるから眺めはさぞかしいいだろう。私は岩井さんの方を向いた。

「でも、なんでその引き渡しに私が付き合わなきゃいけないんですか?」

すると、車が坂道を上がってくる音がした。見えてきたのは、すっごくよく知っているグレーのプリウス。間違いない、運転しているのは隈さんで、助手席には伍郎じいちゃん。私は目を見開いて、

「もしかして、別荘を買ったのって……!」

大きな声をあげた。

「ご、伍郎じいちゃん!?」

停まった車から降りてきたじいちゃんは、

「んな、わけないだろ。八ヶ岳人参でも見つけないかぎり」

と笑った。隈さんも降りてきて、

「ぼくにもその余裕はないよ、知ってると思うけど」

と、婚約者の私を見てやはり笑った。

「じゃ、誰が？」

と、岩井さんに聞くと、彼は買ったばかりのワインを早くも抜く準備をしている。

「もうそろそろ、来るんじゃないかな」

続けて軽いエンジン音がして、見えてきた車は、これもよく知っている車、『道の駅こみちざわ』とサインのある軽バンではないか！

「いええっ!?　えっきちょう？」

驚くどころじゃない私は、道のど真ん中に出て行って、その車を迎えた。軽バンは停まって、駅長が窓から顔を出した。

「どいて。ひかれたいの？」

「ど、どういう――」

と言いかけた私は、助手席に人が乗っていることに気づき、今日一番の大きな声を出した。

「お姉ぇちゃん！！！」

同時に、ポン！　とコルクを抜く音がして、岩井さんが笑顔でうなずいた。

「そう！　彼女が買ってくれたんだよ」

駅長と一緒に、お姉ちゃんが車から降りてきた。

「そういうことだから。まだ、お母さんには内緒だからね」

お姉ちゃんは、ちょっと高級な野菜を買ったぐらいの感じで私に言うと、別荘の方へと歩いて行った……駅長と一緒に。

「お姉ちゃんと駅長……」

呆然《ぼうぜん》と二人を見ている私を残して、お姉ちゃんと駅長は別荘の洒落《しゃれ》た玄関へと向かった。どちらからともなく手をつないで、王子様とお姫様が新しい城に入城するかのように、二人は厳かに、建物へと入っていく。かなりひょろっとした王子様だが……。

「彼女のタイプって……どっちかなんだね」

と岩井さんも呟いてる。

「ずいぶんと買い叩《たた》かれたけど。店を開いたら、一生無料で食べさせてくれるって、お姉さん言うからさ。まあ、中を見てよ。直したらいい店になると思うよ」

と言う彼に案内されて、私たちも建物の中へと入っていった。

がらんとしている家に入ると、なんともいい木の匂《にお》いがした。そして、大きな窓があるリビングからは、想像どおり、沢を見下ろす景色が広がっていた。

「すごい」

赤、黄、黄金、眩《まぶ》しいほどの暖色へと一気に色を変えた木々や葉が、訪れる冬を前に、残された全《すべ》てのエネルギーを放つかのように輝いている。人間には創《つく》れない色彩に息をのみながら視線を上げれば、雪を待っている南アルプスが、熱い紅葉を冷まそうとしているかのように青々と連なっている。誰もが、ここで始まることを思い描いてその絶景を見ていた。

「『雑草レストラン』」

オーナーシェフとなるお姉ちゃんが宣言した。

「ここでやろう、茂花」

そして私に微笑んだ。

「見つけたね」

「見つけたね」

私たち姉妹はうなずきあった。

「八ヶ岳人参を……見つけた」

私はみんなに笑顔で言った。

売れた祝杯と、買った祝杯がくり返されて、じいちゃんたちの笑い声を聞きながら、私と隈さんはワインを手に窓に寄った。じきに鮮やかな葉を落として眠りにつく木々。葉をつけたまま雪に耐えていく木々。雑草、全ての植物、それを生みだしている土壌に、お礼を言った。

「ありがとう」

「これからもよろしく」

　幸せな気持ちで沢の景色をしばらく見つめていた私と隈さんは、

「あっ」

「あれっ」

　と同時に声にした。そして顔を見合わせた。でも、言葉にはしなかった。それを確認しに行こうとも思わなかった。それがあることを、もう私たちは知っていた――もうファンタジーじゃないことを。

　ハッハッハとまた笑う声がして、無表情で並んでいるカップル、駅長とお姉ちゃんを、伍郎じいちゃんと岩井さんが冷やかしている。

「肴《さかな》が欲しくなってきたな。おまえんとこの山荘で飲みなおそう、夕花なんか作ってくれ」

　じいちゃんが言っている。じゃあ、と私は手を挙げた。

「雑草、採ってきます！」

　そう、採りに行くのはそれだ！

参考文献

『食べる野草図鑑』岡田恭子（日東書院）

この作品は書き下ろしです。

千早茜・遠藤彩見
田中兆子・神田茜
深沢潮・柚木麻子
町田そのこ著

あなたとなら食べてもいい
―食のある7つの風景―

秘密を抱えた二人の食卓。孤独な者同士が集う居酒屋。駄菓子が教える初恋の味。7人の作家達の競作に舌鼓を打つ絶品アンソロジー。

町田そのこ著

コンビニ兄弟
―テンダネス門司港こがね村店―

魔性のフェロモンを持つ名物コンビニ店長（と兄）の元には、今日も悩みを抱えた人たちがやってくる。心温まるお仕事小説登場。

町田そのこ著

コンビニ兄弟2
―テンダネス門司港こがね村店―

地味な祖母に起きた大変化。平穏を崩す美少女の存在。親友と決別した少女の第一歩。北九州の小さなコンビニで恋物語が巻き起こる。

森　晶麿著

チーズ屋マージュのとろける推理

東京、神楽坂のチーズ料理専門店。お客の悩みを最高の一皿で解決します。イケメンシェフとワケアリ店員の極上のグルメミステリ。

杉井　光著

世界でいちばん透きとおった物語

大御所ミステリ作家の宮内彰吾が死去した。『世界でいちばん透きとおった物語』という彼の遺稿に込められた衝撃の真実とは――。

三川みり著

龍ノ国幻想1
神欺く皇子

皇位を目指す皇子は、実は女！　一方、その身を偽り生き抜く者たち――命懸けの「噓」で建国に挑む、男女逆転宮廷ファンタジー。

イラスト　依田温
デザイン　川谷康久（川谷デザイン）

雑《ざつ》草《そう》姫《ひめ》のレストラン

新潮文庫　か－98－1

令和五年十一月一日発行

著者　賀《か》十《とう》つばさ

発行者　佐藤隆信

発行所　株式会社新潮社

郵便番号　一六二—八七一一
東京都新宿区矢来町七一
電話　編集部(〇三)三二六六—五四四〇
　　　読者係(〇三)三二六六—五一一一
https://www.shinchosha.co.jp

価格はカバーに表示してあります。

乱丁・落丁本は、ご面倒ですが小社読者係宛ご送付ください。送料小社負担にてお取替えいたします。

印刷・錦明印刷株式会社　製本・錦明印刷株式会社

ISBN978-4-10-180274-9 C0193